私は悪役令嬢なんかじゃないっ!!

だからって必ずしも悪役だと思うなよ

レジーナ文庫

登場人物紹介
ジェラルド
闇の精霊王。クローディアに
加護を与え、常にそばで
見守っている。
レヴィ
レイシア国の第一王子。
小説ではヒロインに好意をもつ
キャラクターだったが、
今はなぜかクローディアの
ことを気に入っている。
クローディア
とある小説の悪役令嬢に転生した
元日本人。闇の精霊王の加護を受け、
世界を滅ぼすほどの力を持っているため、
人々から忌み嫌われている。
小説通りのバッドエンドを
回避するために奮闘中。

アメリア
男爵令嬢。光の精霊王の
加護持ちで、
小説ではヒロインだった。
クローディアを
敵視している。
グレース
光の精霊王。アメリアに
加護を与えている。
ロナルド
公爵家の子息。誰にでも優しい
紳士だが、陰では何やら怪しい
行動を取っていて……？
エドガー
レイシア国の第二王子。
短気で女嫌いだけれど、
クローディアとは仲良くなる。
エミリー
伯爵令嬢。気が強くて、
曲がったことが大嫌い。
クローディアの友達第一号。

目次

私は悪役令嬢なんかじゃないっ‼
闇使いだからって
必ずしも悪役だと思うなよ

序章

私の名前は桜。春に生まれたから、この季節に咲く花の名がつけられた。

――名前は、親が最初に与える愛情だ。

世間ではそう言われているので、もしかしたら両親がこの名前をつけてくれた時には、私に愛情を注いでくれていたのかもしれない。けれど、私自身がそれを感じたことはない。

物心ついた頃には、私の両親はお互いのことを毛嫌いしていた。どうして結婚したのか不思議に思うくらい、夫婦仲は険悪だった。

そしてどうやら、その原因は私にあったらしい。

両親は二人とも仕事が大好きな人間で、子供を作るつもりはなかったようだ。ところが、母は私を身ごもった。

そのつもりがなくても、やることやってれば、そりゃあできるでしょ。

予定外の出産をしたせいで母は出世のタイミングを逃したらしく、私のことを疎んでいた。そして父は家事や育児にまったく関わらない人だったので、母と衝突することも多かった。

『たまには子供の面倒くらい見てよ』

仕事をしつつ、家事も育児も一手に引き受けていた母は、つねづね父にそう訴えていた。けれど父はその度に突っぱねた。

『子育ては母親の仕事だろ。産んだんだから、ちゃんと育てろよ』

『好きで産んだわけじゃない』

これが、いつもの口論だった。

私が中学生になってからも、似たような言い争いはよく起こった。

私だって、好きで生まれてきたわけじゃない。

そう思っていても口にするわけにはいかず、私はただ耳を塞(ふさ)ぎ、心を閉ざしていた。

そうしているうちに、両親の口論はいつの間にか終わっているのだ。

でも、その日は違った。

いつものように両親が怒鳴り合っているのを聞き流していると、母の悲鳴が聞こえた。

何事かと思って顔を上げた時、目の前に立っていたのは、包丁を握りしめ、血走った目をした父。

ヤバイ！

本能的に逃げ出そうとした次の瞬間――腹部に焼けるような熱を感じた。

全身の力が抜け、私は冷たい床の上に倒れた。

焼きごてを押し付けられたように腹部が痛み、そこから血が流れ出ていく。体温が急速に失われ、まるで命が体から零れ落ちていくようだった。

ぼやけた視界の端に、包丁を持って走り去っていく父の背中が映る。その光景を最後に、私の意識は闇に沈んでいった。

それは十五歳の春の出来事だった。

気が付くと、ふわふわとした心地よい空間にいて、何か温かいものに包まれていた。

どうやらそれは誰かの腕らしい。

人に抱きしめられた記憶なんてない私は、どうしたらいいか分からなくなる。すると、声が聞こえた。

『我が愛し子』

男性の優しい声だった。その声の主は私をそっと腕に抱き、愛おしむように頭を撫でてくれる。

人からこのような温かい好意を向けられるのは初めてで、戸惑ってしまう。

そんな私の心を察してか、男性はふっと小さく笑った。

『そのように戸惑う姿も愛らしい』

……初対面の人間に、この人は何を言っているんだろう。

『愛し子よ、俺に名前をつけておくれ』

名前？　そんなもの、親がつけてくれるんじゃないの？

『俺には名前がない。だから、お前につけてほしい』

親から愛されなかった私にさえ、桜という名前があった。でも、この男性には名前をつけてくれる人すらいなかったらしい。

そう考えると、なんだかこの男性が哀れに思えた。

私でいいのなら、つけてあげよう。

軽い気持ちで引き受け、私はぼんやりと彼の姿を見つめた。

腰まである長い黒髪に、黒い瞳、褐色の肌。外国人風の顔立ちをした、かなりのイケメンだ。

彼に日本の名前は似合わないだろう。

私は思いつく限り、横文字の名前を頭に浮かべた。その中から選んだのは――

ジェラルド。

するとと、私を抱いている彼が微笑んだ。

『そんなに一生懸命考えてくれるとは思わなかった。ジェラルドか……いい名だ』

気に入ってくれたようだ。よかった。

『名前を呼ばれるというのは、嬉しいものだな。お前の名前も、早く呼びたいものだ』

ジェラルドは妙なことを言う。

私には桜という名前がある。呼びたいのなら、いつでも呼べばいいのに。

そう考えていると、彼は複雑な表情をした。

理由を尋ねようとしたけれど、急に眠気が襲ってきて、私は再び意識を失った。

第一章

私の名前はクローディア・レイツィア。前世では、桜という名前だった。

生後間もなく前世の記憶を思い出した私は、自分の体が赤ちゃんになっていることに驚き、とても混乱した。

けれど周囲の大人たちの会話から、自分の置かれた状況をすぐに理解した。

どうやら私は異世界に転生したらしい……と。

生まれ変わって一週間。ベビーベッドに寝かされてうとうとしていると、声が頭に響いてきた。

『クローディア、気分はどうだ？』

ベッドの傍らに、黒ずくめの男性が立っていた。黒髪に黒い瞳、褐色の肌をした彼は、じっと私の顔を覗き込んでいる。声の主は彼らしい。

「あう、うぶあう」

答えようとするけれど、赤ん坊の私は上手くしゃべれない。

『言いたいことを頭に思い浮かべるだけでいい。精霊は主の思考をある程度読み取れる』

また声が響いてきて、ふと気付いた。この声には聞き覚えがある。生まれてくる前、私を優しく抱いてくれた男性の声だ。

『覚えていたか。ならば名を呼んでくれ。俺に伝えることを意識して言葉を思い浮かべてみるといい』

『……ジェラルド』

私は言われた通りに彼の名前を頭に浮かべ、伝えようと念じてみた。

声に出してはいないけれど、彼に向かって言葉を発したような感じがした。すると彼はふっと微笑んだ。

『上手いじゃないか。それが念話だ。俺と言葉で話をしたければ使うといい』

『ジェラルド……あなた、闇の精霊王だったのね』

生まれた時、周りの大人たちが私のことを見て『闇の精霊王の加護持ちだ』と言っていた。彼は人間とは異なるオーラをまとっているし、その精霊王とやらに違いない。

『そうだ。俺はお前が気に入った。いい名前ももらったしな』

ジェラルドはたいしたことではないという風に言った。

『……色々聞きたいことはあるけれど、まずはこの世界のことを教えてくれる？　精霊王の加護持ちって、どういうこと？』

転生したらしいということは分かったが、赤ん坊の身では窓の外を見ることもできない。もう少し詳しく状況を把握したくて尋ねると、彼は丁寧に教えてくれた。

まず、ここレイシア国は、精霊と魔物と人間が共存する国だという。精霊には火や水などの属性があり、その属性ごとに精霊王がいる。無数に存在する精霊を統べる彼らは、非常に強い力を持っているらしい。特に光と闇の精霊王は別格で、他の精霊王とも一線を画しているとか。

この国のほぼすべての人が精霊の力を借りて魔法を使うことができ、中でも貴族には、生まれつき精霊の加護を持っている者が多いらしい。

精霊に加護を与えられると、彼らを使役できるようになる。

加護を受けるための条件や方法は明らかになっていないけれど、私には自分が闇の精霊王に加護を与えられた時の記憶があった。

私は、一度死んで生まれ変わるまでのことも覚えている。だから、あのふわふわした心地よい空間で起きたことが、契約のようなものだったと推測できた。

『俺はお前を気に入り、お前は俺に名をくれた。だから俺はお前を守るし、できる限り力を貸そう』

『どうして私を選んだの？』

疑問に思って聞いてみると、ジェラルドは眉一つ動かさずに答えた。

『お前の魂が美しく、それに魅かれたのだ』

私は人間なので魂の美醜は分からないが、要はジェラルドの好みだったということだろう。

それから彼は、私の生まれたこの家についても教えてくれた。

前世では日本で暮らす普通の庶民だった私は、今世ではなんと名門公爵家の長女になったらしい。父は王宮の騎士団長を務めているとか。

転生したら悠々自適なお貴族様になっているとは、生まれ変わるのも悪くないな。

けれど問題がまったくないわけじゃない。

ジェラルドの話を聞きながら、私は最悪なことを思い出してしまった。前世の記憶の中にはおぼろげなものも多いのだが、これははっきり覚えている。

今の私——クローディアは、前世で読んでいた小説《聖女は王子に溺愛される》に出てくる悪役令嬢と似た境遇にあるのだ。

小説に登場する悪役令嬢の名前は、クローディア・レイツィア。名前まで同じだ。これは偶然なんかじゃないだろう。

ジェラルドの話を聞く限り、私は間違いなくそのクローディアだ。なんと私は小説の世界に転生してしまったらしい。

そのことに気付いてすぐ、小説の内容を思い出してみた。

小説の舞台は、精霊と魔物と人間が共存する国レイシア。国民のほとんどが、精霊の力を借りて魔法を使えるという設定だったはずだ。そんなところも、この世界とそっくり。

そして、貴族の子供たちが通う学校を舞台に、物語は進んでいく。

物語のヒロインはアメリア・ローガン。男爵家の庶子で、平民として下町で暮らしていた彼女は十四歳の時、光の精霊王の加護を受けていることが明らかになり、クローディアの通っている学校に転入してくる。

クローディアは、アメリアが転入してきてすぐ彼女を虐め始める。その理由は、彼女への嫉妬だった。

小説のクローディアも、公爵家の令嬢で闇の精霊王の加護を受けていた。けれど闇の精霊王は人々から忌避される存在だったので、それが原因でクローディア自身も他の子供たちから忌み嫌われていた。

逆に光の精霊王は人々から好かれていたため、アメリアの周りにはいつも人が集まっていた。だからクローディアは、自分とは対照的な彼女を羨み、妬んだというわけだ。

しかもアメリアは、クローディアが密かに想いを寄せていた相手、第二王子のエドガーと婚約する。二人の婚約が発表されてからというもの、クローディアはますます彼女に危害を加えるようになり、やがて大人たちからも危険視されるようになった。

一方、光の精霊王の加護を受けているアメリアは癒やしと平和の象徴として聖女に選ばれ、国の重要人物になる。そんな彼女を攻撃するクローディアを、人々は排除しようと考えた。けれど闇の精霊王の加護を受けている彼女の怒りを買うのは怖い。

ちょうどその時、敵対する隣国のガルディア王国と休戦協定を結ぶため、両国の名門貴族の娘を互いの王家に嫁がせ合おうという話が持ち上がっていた。

名門公爵家の令嬢だったクローディアは、表向きは和平のため、本当の理由は厄介払いのため、これ幸いとガルディア王国に嫁がされる。

けれどその協定はガルディア王国によってあっという間に破られ、再び戦争が起こる。クローディアもガルディア王国の人間として戦場に駆り出され、最終的に光の精霊王の加護を持ったヒロインに殺されてしまう。

私が思い出せる物語の内容は、ざっとこんなもの。かなり絶望的だ。だって、もしあの小説の通りになるとしたら、私は将来、国外追放された上に戦死してバッドエンド。救いがなさすぎる。

　幸せになれなくても構わないから、せめて最悪の未来だけは回避したい。

　とはいえ、今の私は生まれたばかりの赤ん坊。そんな私にできるのは、周囲の人間の会話を聞いて、情報を集めることくらいだった。

　生まれ変わってから数ヶ月。基本的に私はベビーベッドに寝かされていることが多い。ここにいると、侍女たちの会話がよく聞こえてくる。今日も彼女たちは話をしながら部屋に入ってきた。

「奥様は？　まだ臥せっておられるの？」

「いいえ、今日は起きていらっしゃるわ。なんでも、午後から旦那様と庭園をお散歩するんだとか」

　私はまだ言葉も話せない赤ちゃんだけど、前世の記憶があるせいで、彼女たちの会話が理解できてしまう。けれどそれを知らない侍女たちは、私の近くで好き勝手におしゃべりするのだ。

「少しでもお部屋から出られたほうがいいわね。ずっとベッドの上にいるのは、お体によくないし」

「でも、臥せってしまわれるのも無理ないわ。生まれたお子が、まさか闇の精霊王の加護持ちだったなんて……私だったら、ショックのあまり自殺してしまうかも」

大人たちの会話や態度から分かったことだが、小説と同じように、この世界でも闇の精霊王は忌避されているらしい。そして、その加護を持っている私も。

『クローディア、お前が望むなら、この無礼な侍女たちを始末してやるが？』

ジェラルドがベビーベッドの傍らに立ち、不機嫌そうに言った。

『大丈夫、気にしてないから』

私は念話でそう伝える。侍女たちに危害を加えたところで問題は解決しないし、それどころか余計に嫌われて、小説のクローディアと同じ道を辿ることになりそうだ。バッドエンド回避のためには、周囲の人たちに私が無害だと理解してもらわなければ。

ジェラルドは忌々しそうにチッと舌打ちをしたが、私の考えを尊重してくれたのか、侍女たちを睨むだけで危害を加えようとはしなかった。

ジェラルドに冷たい視線を浴びせられていることにも気付かず、侍女たちの話はまだ続いていた。

彼の姿は私以外の人間には見えないし、声も聞こえない。基本的に精霊は、加護を与えた者以外に姿を見せたり声を聞かせたりしないそうだ。

もちろん、彼らがその気になればできるのだけれど、ジェラルドが私以外の人間に姿を見せたことは一度もない。

「それにしても」と言いながら、テーブルを拭いていた侍女の一人が手を止め、私の顔をまじまじと覗き込んできた。その目には赤ん坊を慈しむ心はまったく感じられない。

「闇の精霊王の加護持ちって、本当に黒髪黒目に褐色の肌なのね。初めて見たわ」

「レイシアでこんな色をしている人はいないものね」

窓を拭いていた侍女が、同じように私を見る。

「貴族の令嬢にとって白い肌は美しさを表すものの一つでしょう。こんなに色が黒いんじゃ、嫁のもらい手がないんじゃないの」

彼女たちは嘲けるように笑った。

『クローディア、やはりこの無礼者どもを殺してやろう』

彼女たちのせいでジェラルドの怒りが再燃してしまった。

『ジェラルド、私は大丈夫よ』

ジェラルドが私のために怒ってくれていることは、純粋に嬉しい。でも、ここで彼が思うまま力をふるってしまったら、私はバッドエンドに向かって一直線だ。それだけは避けたい。

『お願い。彼女たちに危害は加えないで。私は本当に気にしていないから』

私が必死に訴えると、ジェラルドは眉尻を下げて私を見る。

『優しいクローディア。あのような無礼者どもにも慈悲を与えてやるなんて。さすが、俺が選んだだけはあるな』

私を褒めてくれているのか、自画自賛しているだけか。ともあれ、とりあえずは怒りをおさめてくれたようだ。

精霊の加護を持っている人間は、自分に加護を与えた精霊と同じ特徴を持って生まれる。

たとえば、私の黒髪、黒目、褐色の肌はジェラルドの影響だ。

精霊の中でそのような特徴を持つのは、闇の精霊王だけ。だから私が彼の加護を受けていることは一目で分かる。

私が生まれた時、家族と使用人、産婆は顔を引きつらせていた。母や侍女たちなど、私を恐れるあまり、失神してしまったくらいだ。

父が私に乳母をつけようとした時も、闇の精霊王の加護を受けた赤ん坊の面倒は見たくないと、ことごとく断られてしまったらしい。

そのため、母は授乳のためだけに私の部屋を訪れ、それ以外の時間は公爵家の使用人が交代で面倒を見てくれている。

今世でも、親からの愛情は期待できそうにない。前世では両親に疎まれたあげく父に殺され、生まれ変わったと思ったらみんなに忌避されている。しかも殺される未来が待っているなんて。救いがなさすぎて、もう笑うしかない。

ただ、親との関係を改善することは無理でも、未来を変えることはできるはずだ。そもそも、厄介払いされるようなことをしなければいいのだから。人から好かれる人間になれば、そう簡単に国外追放されることもないだろう。

もう少し大きくなったら周りの人たちと仲良くなって、必ず未来を変えてやる。

赤ん坊の私は、そんな決意をしたのだった。

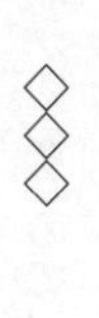

そうして月日は流れ、私は六歳になった。

自分の足で歩き、言葉でコミュニケーションを取れるようになっても、私を取り巻く環境はあまり変わっていない。

父は、私が闇の精霊王の加護を持っていることを世間に隠したいらしく、邸の外へは出してくれない。だから、普段接するのは使用人たちばかりだ。

バッドエンドを回避するため、私はまず、自分が恐れられるような人間ではないと使用人たちに証明しようとした。けれど、まったくの無駄だった。

私が何をしても、しなくても、彼らは私のことを忌み嫌うのだ。

だから最近の私は、好かれようとするのを諦め、人との関わりを極力避けるようになっていた。

そんなある日の午後のこと。私は部屋で本を読んでいた。

喉が渇いたので、部屋の隅に控えていた専属侍女に声をかける。

「お茶を淹れてくれるかしら?」

すると侍女は体をビクッと震わせ、上ずった声で答えた。

「はっはいぃぃ、た、ただいま」

ガタガタと震えながら紅茶を淹れ、明らかに怯えた顔で運んできた。

手が震えているせいで、カップが揺れてガチャガチャと音を立てている。侍女がカップを私の前に置こうとした時、ついに中身が溢れ、私の手に淹れたての紅茶がかかってしまった。

「あっつっ」

私が思わず声を上げると、土下座でもしそうな勢いで侍女が謝ってきた。

「ひぃっ！ も、も、も、申し訳ございません」

紅茶がかかったところは、赤くなっていてひりひりする。たいした火傷ではないが、このままにしておくわけにもいかない。

「大丈夫よ。何か手を冷やすものをちょうだい」

「は、はぃっ！ ただいま！」

侍女はそう言って、逃げるように私の部屋から飛び出した。

『なんだあの失礼な態度は！ しかも俺のクローディアに火傷をさせるとは……』

怒りを露わにしているジェラルドを見て、私は苦笑した。

『たいしたことないから大丈夫よ。肌が褐色だから、そんなに目立たないし』

念話を使ってジェラルドをなだめていると、突然部屋の扉が開いた。

「ク、クローディア」

入り口に立っていたのは、四歳年上の兄リアムだった。彼は私に近付きながら話しかけてくる。

「さっき、君の侍女がすごい勢いで飛び出してきたけど、何かあったの？」

「何も」

私が短く答えると、兄は恐る恐る反論した。

「で、でも、侍女の様子が、その……尋常じゃないっていうか……」

そう言われて、私は内心でまたか、と溜息をつく。

「私が彼女に何かしたと言いたいの？」

こういう時、私は何もしていなくても、危害を加えたと勘違いされることが多い。闇の精霊王のイメージのせいか、非情で残酷な人間だと思われているからだ。もちろん誤解なのだが、誰も私の言うことなんて聞いてくれない。

「ま、まさか！　ただ、気になって……」

「何もなかったわ」

「そ、そう」

用は済んだはずなのに、兄はまだ立ち去ろうとしない。私の手元の本に目を向け、呆然としている。私とジェラルドは不審がって兄を見た。

「まだ何か？」

私が尋ねると、兄ははっとして目をこちらに向ける。

「その本……」

「ああ、これ？　建国神話の本よ。前にも読んだことがあるけど、もう一度読み返したくて、書庫から持ってきたの。……これを読めば、私がみんなに嫌われ、恐れられるのも納得よね」

私が先ほどまで読んでいたのは、レイシアの建国神話だ。

そしてこの中に、闇の精霊王の加護持ちが忌避される理由が書かれている。

「そ、そんなもの、あくまでおとぎ話だ」

兄はそう言うが、私にはこれがおとぎ話だなんてとても思えない。

「そうかしら？　じゃあなぜみんなは私のことを忌み嫌うの？　闇の精霊王の加護持ちが、国を滅ぼしかけたからでしょう」

レイシアの建国神話はこうだ。

かつてこの土地にあった国では、王が圧政を敷いて民を虐げていた。ある時その王を、闇の精霊王の加護を持った男が倒し、その男は英雄と呼ばれるようになった。

悪王亡きあと、王位についたのは英雄の親友だった。

英雄は新王と協力して、争いと飢えのない国を作ろうと政治改革を始める。国と民のため、彼は闇の精霊王の力を存分に発揮して事にあたった。そのおかげで国は安定し、平和で穏やかな時代が訪れた。

けれど人々は英雄の力を恐れるようになっていた。

精霊王の中でも、特に強い力を持つ闇の精霊王。その加護を持つ者の力は計り知れない。

国王を弑逆し、短期間で国の仕組みを変えてしまえるほどの力が、いつか自分たちを脅かすのではないか。

そんな根拠のない疑惑が人々の間に広まり、そしてとうとう英雄の親友だった新王までもが恐れを抱き、彼を遠ざけるようになってしまった。

信頼していた者たちから手のひらを返された英雄の絶望は深かった。

――こんな世界、滅んでしまえばいい。

英雄はそう言って、闇の精霊王だけが持つ力を使った。それは命と引き換えに行使できる力で、『呪い』と呼ばれるもの。

英雄は自らの命を使って世界を呪った。すると雨が降らなくなり、土地はやせ細り、やがて疫病が流行った。

そうして世界は破滅に向かっていった。

「英雄だった人間が世界に呪いをかけたんだもの。私がいくら人に好かれようとしたって無駄よね。いつか呪いをかけられるかもしれないと思われているんだから」

この事実を知って、私は人から嫌われることを受け入れてしまった。世界を呪うつもりなどまったくないが、人々からそう思われるのも仕方がない。

「クローディア……それは王たちにも非があるよ。英雄と闇の精霊王だけが悪いのではない。神話の中にもそう書かれているだろう。君が嫌われるのはおかしいよ」

兄が眉間(みけん)に皺(しわ)を寄せて言う。

「そうだとしても、みんなが私を忌(い)み嫌っているのは事実よ。世界を滅ぼしかけた闇使いより、世界を救った光使いのほうが好かれるのは当然だわ」

英雄の呪いによって世界は滅びるしかないのだと誰もが思っていた時、救いをもたらした女性がいたのだ。その人は、金色の髪に蒼天の色の瞳を持つ女性で、光の精霊王の加護を受けていた。

滅びかけた世界は、この美しい光使いによって救われ、英雄の国は新たにレイシアと名づけられた。

「クローディア……」

「それはそうと、用が済んだならもういいかしら。本の続きを読みたいの」

私が話を切り上げようとすると、兄は慌てたように口を開いた。

「じ、実は君を誘いに来たんだ。午後から母上と邸(やしき)の外へ散歩に出かける予定なんだけど……もしよかったら君も、その……一緒にどうかな？」

「邸(やしき)の外へ……？　公爵夫人は、最近はだいぶお加減がいいようね」

私は父のことを公爵、母のことを公爵夫人と呼んでいる。

闇の精霊王の加護持ちである私を産んだことで、母は心身ともに参ってしまっていた。私を産んでからというもの、一日のほとんどをベッドで過ごすような生活が続いている。授乳期間が終わってからはほとんど会っていなかったが、元気になっているのなら何よりだ。

「そうなんだ。最近は徐々に体力を取り戻しつつあってね。少し外出する程度なら問題はないって医者も言ってるよ」

兄は嬉しそうに語る。

私だって、母と分かり合いたいという気持ちはある。だが、私が同行したら、母はまた体調を崩すかもしれない。そう思って、兄の誘いを断ることにした。

「私は遠慮するわ。二人で楽しんできて」

「……そうか」

兄はそれだけ言うと、肩を落として私の部屋から出ていった。

彼と入れ替わるようにして、専属侍女が冷たいタオルと氷水を持ってきてくれる。私を必死に手当てする彼女の手は震えていた。

私付きの侍女は、みんな私のことを怖がるので長続きしない。

私が闇の精霊王の加護持ちであることについて、辞めていく侍女たちは固く口止めされているため、世間では様々な憶測が飛び交っている。私が侍女をいびり倒しているとか、侍女を人体実験に使っているとか。

この専属侍女は、まだ私付きになって一週間も経っていない。けれどこの様子では、彼女もじきに辞めてしまうだろう。

「もう下がっていいわ。そのタオルだけちょうだい」

手を冷やすくらいなら自分でできる。そう思った私は専属侍女に言った。

すると彼女はほっとしたように頷いて、そそくさと部屋を出ていった。

その様子を眺めながら、私はふーっと深く溜息をつく。

これまで、一体何人の侍女が辞めていっただろう？　あまりに頻繁に侍女が入れ替わるので、もう数えるのをやめてしまった。

そろそろこの状況をなんとかしなくては。

私は椅子に深く座り直して、ある考えをまとめ始めた。

数日後。私の予想通り、専属侍女は辞職を申し出て邸から出ていった。

その知らせを聞いてすぐ、私は父であるアラウディー・レイツィア公爵の執務室へ向かう。

ノックをして執務室に入ると、父と執事のジョルダンが驚いたように目を丸くした。

「クローディア、珍しいな」

確かに、呼ばれてもいないのに私が父の執務室に来るのは珍しいことだ。驚くのも無理はない。

「公爵、もう私に専属侍女はいりません」

私が単刀直入に言うと、父は悲しさと安堵が入り混じったような複雑な顔をした。

父が新しい侍女を見つけてきても、どうせ怖がって辞めてしまうに違いない。だったら、無理に専属侍女を持つ必要はないだろう。

バッドエンドを回避したい私としては、これ以上自分の評判を落としたくないし、おかしな噂が広まるのも避けたい。

自分のことは自分でできるし、これがみんなにとって一番いい選択だ。

「……そうか。なら、お前の世話はジョルダンに――」

「いいえ、ジョルダンにはジョルダンの仕事があります」

父の言葉を遮ると、彼は怪訝そうに問い返してきた。

「では誰が……」

すると、珍しくジェラルドが私以外の人にも見えるように姿を現した。

「当然俺だろ」

ジェラルドの姿を見て畏怖を覚えたのか、父とジョルダンの顔が強張る。

すると父を守るように、美しい青年が姿を現した。草原のような色をした髪に黄金の瞳、肩で切りそろえられた髪。

姿を見るのは初めてだが、父に加護を与えた風の精霊王ロマーリオだろう。

精霊たちは自分の好みの魂を持つ人間に、気まぐれに加護を与える。それ自体はとても珍しいというわけではないのだが、精霊王から加護をもらえることはまずないと言っていい。

ただ、ロマーリオは特別で、父の前にも何度かレイツィア公爵家の人間に加護を与えたことがある。

彼はレイツィア公爵家の人間を気に入っているらしい。

この世界では精霊だけでなく、人にも属性があって、同じ属性の精霊とは良好な関係を築きやすい。レイツィア公爵家の人間には風属性の者が多く、兄も風の魔法を使う。

属性は遺伝することが多いので、基本的には両親のどちらかと同じ属性しか使えない。

ただ、稀に親と違う属性を持っていたり、複数の属性を持っていたりすることもある。

また、光と闇の属性は遺伝しないので、ちょっとレアな存在だ。

ロマーリオはジェラルドを警戒しているらしく、顔に不快の色を浮かべている。

それを見たジェラルドは、ははっと笑った。

「そう警戒するな。取って食いはしない」

「どうだか」

ロマーリオの声は硬い。けれどジェラルドは気にしたふうもなく、視線を父に向けた。

「クローディアの面倒は俺が見る。他の人間はもう寄越すな」

「し、しかし……」

父は躊躇うように言った。ただでさえ人に関わろうとしない私を精霊に任せては、人間社会からますます隔絶させてしまうと心配しているのだろう。

だが、ジェラルドはもっと現実的な問題を指摘した。

「お前が寄越す人間は、クローディアに害をなす者ばかりだ。これ以上、俺のクローディアを傷付けられてはたまらない」

今まで私の専属になった侍女は、私の姿を見た途端に失神したり、怯えて仕事にならなかったりしていた。先日のように、怪我をさせられることも珍しくない。

そして、決して表には出さないが、そんな彼女たちの態度に困っている自分が確かにいる。ジェラルドはそれを気にしてくれているのだろう。

予想外の展開ではあるが、新しい侍女が来なくなるなら、ジェラルドに世話してもらっても構わない。

私がそんなことを思っていると、ロマーリオが嫌そうな顔をしながら口を開いた。

「私もジェラルドに賛成です。アラウディー」

「ロマーリオ……」

父は困ったように眉を下げて彼のほうを見る。

「精霊は主が傷付くことをよしとしません。それはあなたも知っているでしょう。ジェラルドの機嫌が悪くなる一方であることは、みんなが感じ取っています。この状況が続いていいとは、私には思えません」

ロマーリオの言葉に、父は納得したのだろう。静かに頷いて、ジェラルドのほうを見た。

「分かった。ではジェラルド殿、お願いします」

「貴様に言われるまでもない」

そう言って、ジェラルドは姿を消した。ロマーリオもそれを見届けて姿を消す。

「クローディア、何か困ったことがあれば言いなさい」

父は気遣うような言葉を投げかけてくれるが、私と目を合わせようとはしない。彼もまた、私のことを恐れている者の一人だった。

「お気遣い痛み入ります」

「家族だからね」

父はそう言って疲れたように笑った。

私の名前はアラウディー。レイツィア公爵家の現当主だ。

今しがた娘が出ていった扉をぼうっと見つめながら、私は深い溜息をついた。

——どうしてこうなってしまったのか……

彼女が生まれた時のことは、今でもよく覚えている。

生まれてきた子供は、黒い髪に黒い瞳をしていて、肌は褐色だった。それはまぎれもなく闇の精霊王の加護を持っている証拠。

使用人はその容姿を見て絶句し、妻は悲鳴を上げて失神した。息子のリアムは戸惑いを隠せず、私と自分の妹を交互に見ていた。

娘は赤ん坊だというのにあまり泣かなかった。それどころか生まれたばかりの彼女からは、周囲の様子をつぶさに観察しているような視線を感じた。

そんなことを思い出していると、傍らに控えていたジョルダンが、静かに口を開いた。

「旦那様、もう少しお嬢様とお話しする機会を持たれてはいかがです？」

「……もう何を話せばいいかすら分からないのだよ。クローディアは、私の前で笑ってくれない。だいたい父と思っているのかどうかも分からない。いつも『公爵』としか呼んでくれないからな」

娘は自分の立場をわきまえているのか、人と距離をとっている。私の前にも必要最低限しか顔を見せず、部屋にいることが多かった。

嫌われてはいないと思う。でも、好かれてもいない気がする。その証拠に、娘は一度も私に笑顔を見せたことがない。

けれど以前、娘を心配してこっそり様子を見に行くと、彼女は笑っていた。闇の精霊王と話していたのだろう。それはとてもささやかな笑顔だったが、私の前では決して見せない顔だった。

「お嬢様が笑わない原因は、分かっておいでなのでしょう」

「私が仕事ばかりであまり構ってやれないから……」

「他には？」

「……闇の精霊王に対する忌避の心が、どうしても捨てきれない。それを見透かされているのだろう」

そう答えながら、娘の誕生を報告しに王宮へ行った時、王妃からかけられた言葉を思い出す。

『闇の精霊王の加護持ちであることと、生まれてきた子供の性格にはなんの関係もありません。彼女がどういう人間になるかは周囲の大人や環境によって決まります』

ズクリと胸に刃物が突き刺さるような痛みを感じる。あれから六年が経っても、私はいまだに娘の存在を受け入れられずにいた。

「理由は他にもあるでしょう」

「他……？」

「あなたは、お嬢様に笑顔を見せてほしいのですよね？」

「ああ」

「では、逆にあなた自身はどうなのですか？」

質問の意味が分からずに首を傾げると、彼の口から溜息が漏れた。

「お嬢様の前であなたが笑ったところを、私は見たことがありません」

「そ、それは……」

ジョルダンの言わんとすることが分かり、私は口ごもる。

「奥様やお坊ちゃまの前では自然に笑っておいでなのですから、できないわけではないはずです。けれどお嬢様の前では、あなたはいつも仏頂面をされています。そんな相手に、どうして心が開けますか」

「うっ」

もっともだ。返す言葉もない。

闇の精霊王の加護持ちだから、なんだって言うんだ。

娘を前にする度、いつもそうやって己を叱咤してきた。けれど体はそう簡単に言うことを聞いてくれない。

「どんな子であろうと、私たち夫婦の愛すべき娘だ。私は息子も娘も、同じように愛しているよ」

そう、力のない声で言う。ジョルダンはそんな私を見て、また深い溜息をついた。

娘が生まれたことは喜ばしいことだ。でも私は、生まれたての彼女を見た時、心の底から喜ぶことができなかった。そんな自分が嫌になる。

「念のため申し上げておきますが、専属侍女が次々辞めてしまうことについても、お嬢様に非はありませんからね。あの方は、侍女に淹れたての紅茶をかけられても、叱責すらなさいませんでした」

「何？　紅茶をかけられたのか？　や、火傷をしたのか？」

「はい。数日前のことです。お嬢様からは、大事には至らなかったと聞いています。けれどこういうことは、今回が初めてではありません。お嬢様が、もう侍女はいらないとおっしゃったのもよく分かります」

娘の侍女は長続きしない。新しい侍女を雇おうにも、クローディアのことを他言しない人間を見極めなければならないので、毎回私も探すのに苦労していた。

王宮の騎士団長を務めている私は、それなりに忙しくしており、このことばかりに時間を取ってはいられない。

だから、侍女はもういらないと娘に言われた時、私は正直なところ安堵した。彼女の真っ黒な目に見つめられると、そんな弱い心を見透かされているようで居心地が悪くなり、思わず目を逸らしてしまったのだ。

それと同時に、彼女に決別を宣言されたような気分になって、少し悲しくもなった。

本当に最低な父親だ。

「いわれなき中傷からお嬢様の心を守るのは、あなたがた親の役目です。王妃様にもそう言われたのでしょう？　本当にお嬢様を愛しているとおっしゃるのなら、もう少しご自分の行いを省みられるのがよろしいかと」

ジョルダンの言うことは正しい。これではどちらが主なのか分かったものじゃない。

彼はそれだけ言うと、一礼して執務室から出ていった。

一人になった私は、引き出しから建国神話の書かれた本を取り出す。

闇の精霊王の力は驚くほど強大だ。先ほどジェラルドに対面しただけで、私は身がすくむほどのプレッシャーを感じた。

そんな彼を使役できる娘の存在が知れ渡れば、その力を利用しようとする者や、危険視して排除しようとする者が現れるだろう。

だから私は国王夫妻と相談して、ある程度の年齢になるまで、彼女が闇の精霊王の加護持ちであることを隠すことにした。それはあの子を守るためだった。

確かに娘のことを考えてしたはずなのに、今やこの家の中さえ、彼女にとって安全に過ごせる場所ではなくなっている。

けれど、私にもどうしようもなかったのだ。

娘がその気になれば、世界を滅ぼすことも可能なのかもしれない。そう思うと、どうしても彼女を前に身構えてしまう。

私は本をぱらぱらとめくりながら、溜息をついた。

父と話してから数週間。侍女がいない生活にも慣れ、快適な日々を送っていた。そんなある日、私は用があって父の執務室を訪ねた。

部屋の前に着くと、「クローディアは見世物じゃない！」と叫ぶ父の声が聞こえてくる。

私は扉の前に立ち止まり、何事かと耳を澄ました。

父は執事のジョルダンと話をしているようだ。どうやら私にお茶会への招待状が届いているらしい。

貴族の子息や令嬢は、六歳ぐらいになるとお茶会に出席するようになる。そこで同じ年頃の子供たちと顔合わせするのだ。

親たちはそこで子供たちの様子を見ながら、将来の伴侶候補を選んだり、大人同士のコネクションを築いたりする。

貴族とは一見華やかだけど、結構大変なのだ。

私も六歳になったので、そういうお茶会への誘いがきているのだろう。

父の声に耳を澄ましていると、さらに話が聞こえてくる。

私は闇の精霊王の加護持ちだということを隠すため、家族以外の人と顔を合わせたことがない。だから私は、レイツィア公爵家の掌中(しょうちゅう)の珠(たま)と呼ばれているという。

侍女が次々と替わっていくので悪い噂も流れているが、実は人の心を惑(まど)わすほど美しい令嬢なのではないかという人もいるらしい。

それらの噂が広まった結果、私を一目見たいと言う貴族があとを絶たず、六歳を過ぎた今、招待状が殺到(さっとう)しているという。

掌中(しょうちゅう)の珠(たま)とは、なんとも皮肉な呼び名だ。私は自嘲(じちょう)の笑みを浮かべた。

もし私が本当にお茶会に出たら、きっと会場は阿鼻叫喚(あびきょうかん)の巷(ちまた)と化すだろう。せっかくだが、誘いはすべて断るしかない。

私はそう結論付けて、とりあえず執務室の扉をノックしてみる。

すると父の声がやみ、扉が開いた。開けてくれたのはジョルダンだ。

「クローディア、どうかしたか?」

執務室に入った私に、父がそう言った。彼は精一杯笑みを浮かべようとしているが、やはり顔は引きつっている。

私は構わず用件を口にした。

「一つお願いがありまして」

「お、お願い？　クローディアが、私に？」

「ええ」

私の初めてのおねだりだ。父だけでなく、ジョルダンすらも驚いて目を丸くしている。

「な、なんだ、そのお願いとは？」

「勉強を教えてくれる先生をつけていただきたいのです」

私の言葉がよほど意外だったのか、父はさらに目を丸くして固まってしまった。

それとは対照的に、ジョルダンは納得したようで、穏やかな笑みを浮かべている。

小説では、クローディアは誰からも避けられていたため、家庭教師もついていなかった。そのせいで、学力は平民と同じか、それ以下だったのだ。

学校に入った時点では文字すら読めず、貴族令嬢としてのマナーもなっていなかった。

だからクローディアは余計に貴族社会で孤立するのだ。

それはつまり、教養さえ身につければ、少なくとも社交界で恥をかかずにすむということでもある。これでも身分は公爵令嬢だし、もしかしたら一人ぐらいは友達ができるかもしれない。

そう思って自分でできる限りの勉強はしていたのだが、最近は独学で知識を身につけることに限界を感じ始めていた。

「お嬢様は勉強熱心でいらっしゃいますね。いつも図書室にこもって何やら難しい書物をご覧になっていますし」

どうやらジョルダンには隠れて勉強していたことがバレていたようだ。さすがは公爵家の執事。侮れない。

「お嬢様、僭越ながら勉強は私が見ましょう。独学で基礎は身につけていらっしゃるようですから、お嬢様の実力に合わせてご指導いたします」

思わぬ申し出に、今度は私が驚く番だった。

「それは嬉しいけれど、あなただって仕事があるでしょ」

「大丈夫ですよ。仕事の合間にお教えするので。いかがでしょう、旦那様」

ジョルダンがそう言うと、父は眉間に皺を寄せて考える。

「……そうだな。ではジョルダン、頼む」

「かしこまりました」

とんとん拍子に話が進んでいく。これは私にとっていい話だ。よく考えれば家庭教師を雇ったところで、侍女と同じようにすぐ辞めてしまうだろう。ならばここはありがたくジョルダンの申し出を受けるのがいいと思えた。

私はジョルダンのほうを向き、頭を下げる。

「ジョルダン、よろしくお願いします」

「はい。こちらこそよろしくお願いします」

ジョルダンはにっこり笑った。その様子を見ていた父が、私たちの間に割り込むように話しかけてくる。

「ところでクローディア。勉強はジョルダンに教わるとして、マナーのほうはどうだ？」

マナーは母親が教えるのが普通だ。

だが、小説のクローディアと同様に、私は母との交流がない。当然ながら、マナーを教えてもらったこともない。とはいえ人前に出た時に恥をかきたくはないので、邸のみんなの所作を盗み見て覚えるようにしていた。いわゆる『見て学べ』というやつだ。

「公爵夫人から教わったことはないですが……一通りはできると思います」

私がそう答えると、父は怪訝そうな顔をした。当然だ。どこに人の所作を盗み見てマナーを学ぶ令嬢がいるのだ。父はそんなこと想像もしていないだろう。

「一度、イサナに見てもらいなさい。彼女には私から話をしておこう」

イサナとは母の名だ。体調はよくなってきているというが、私に会っても大丈夫なのだろうか。少し心配になるものの、自分に正しいマナーが身についているかどうかは気になる。

「分かりました。よろしくお願いします」

私はそう言って父にも頭を下げ、執務室をあとにした。

その数日後。私はマナーを教えてもらうために、母と食事をすることになった。

だが、母はやはり私が怖いのだろう。向かいに座っても目を合わせようとしないし、顔も青ざめている。

「顔色が悪いようですが、大丈夫ですか？」

私が話しかけると、母はビクッと体を震わせた。

「え、ええ」

母はかろうじて答えているような状態だ。カトラリーに伸ばした手は、小刻みに震えていた。

「では、は……始めましょうか。えっと……ま、まず……」

「一から教えていただく必要はありません。私が食事をするのを見て、おかしなところがあれば指摘してください」

「え？」

母は驚いて目を丸くする。

私は母の返事を待たず、運ばれてきた料理を無言で食べ始めた。すべての食器が片付けられるまで食事をしている間、母からは一度も指摘されなかった。

と、彼女は感心したように口を開く。

「す、すごいのね。教えることがないぐらい完璧だわ」

心からの賛辞だと分かり、ちょっと嬉しくなる。

それから一週間ほどかけて食事の時以外のマナーも見てもらったが、どれも問題なかった。

自分のマナーが社交界で通用するレベルに達していると分かって、私は心底安堵した。

母のマナー講座(といっても教わることはほとんどなかったのだけど)が一通り終わったあと、私は父の執務室へ呼び出された。呼び出しなんて珍しいと思いながら執務室に入ると、唐突に質問された。

「マナーの勉強はどうだ？　イサナからはもう終わったと聞いたのだが……」

「はい。特に問題なく終わりました。公爵夫人からは何も教えることがないとお墨付きをもらっています」

「ほ、本当に？　まだ始めて一週間ほどしか経っていないだろう？」

父は目を丸くして言う。

「もともと基礎はできていたので、教わることはほとんどありませんでした」

「そ、そうか」

聞きたいことはこれだけだろうか。それならばもう失礼しようと思っていると、父はまた口を開いた。

「イサナと……何か話をしたのか？」

「マナーの話をしましたわ」

何を今さら聞くのだろうか。私が怪訝な顔をしながら短く答えると、父は慌てて首を横に振った。

「あ、いや、そうではなくて……それ以外のことで何か……」

「私語は慎むべきかと思ったので、特には」

母は私のことを恐れている。下手に心労をかければ体調に影響するのだから、不必要に話しかけるのはよくないだろう。そもそも、マナーを見てもらえるだけで十分ありがたいことだ。

そう考えて、私は本当に必要なこと以外は何も話さなかった。

「そ、そうか。確かに授業中に私語はいかんな。いい心がけだ……」

父はそう言いながらも、残念そうな顔をしてこちらを見つめてくる。

「他にも何か？」

「あ〜、いや、なんでもない」

執事のジョルダンがもの言いたげな視線を父に向けていたが、父はそれ以上何も言わない。

「そうですか。それでは失礼します」

私のほうからは特に話すこともなかったので、そう言って父の執務室をあとにした。

そうして着々とバッドエンド回避のための下準備を進め、私は十歳になった。
ジョルダンとの勉強はまだ続いている。どうしてか彼は私を恐れず様々なことを教えてくれるので、とてもありがたい。
おかげで一通りの知識どころか、並みの貴族令嬢より豊富な知識を得ることができ、社交界で恥をかくこともなさそうだ。
ジョルダンのような、クローディアを恐れず積極的に関わろうとする人は、小説には登場しなかった。彼の存在は、私に未来への希望を抱かせてくれる。

そんなある日、私は自分の運命に大きく関わるかもしれないほど重要な話を、父から聞かされていた。

「——王妃様主催の、お茶会ですか？」

父の執務室に呼び出された私は、思いっきり嫌そうな顔をして言った。

「ああ」

テーブルを挟んで向かいに座る父は、重苦しい声で答える。彼の隣に寄り添う母は、困ったような顔をしておろおろしていた。

「私宛に招待状が来ているのですか？」

他の貴族たちからならまだしも、王家から誘いが来るなんて、信じられない。私が闇の精霊王の加護持ちだと知っているはずなのに。

「ああ。気持ちは分かるが、間違いなくお前宛だ」

テーブルの上には、王家の紋章が描かれた封筒が一通。そこには確かにクローディア・レイツィアと宛名が書かれている。

「イサナ、クローディアのマナーに問題はないのだな？」

父は母のほうを向いて尋ねた。

「え、ええ。六歳の時にはすでに完璧でしたし、それからも私が抜き打ちでテストをしていますが、問題はありませんわ。しかし……」

私もマナーに不安はない。だが、問題は私の容姿だ。

幸い、見目麗しい両親の血を受け継いでいる私は、そこそこ整った容姿をしている。

ただ、他の人と違う色彩は、周囲の目には不気味に映るだろう。

母も私と同じ不安を抱いているはずだ。父もそれは分かっているようで、眉間に皺を寄せつつ話し始めた。

「お前の言いたいことは分かる。だがあと二年もすれば、学校に入学する時期がやってくる。闇の精霊王の加護を持っていることを、いつまでも隠してはおけない。学校で力の使い方を学んで身を守る方法を習得する必要もある」

貴族の子息や令嬢は、十二歳から学校に入学することが義務付けられている。そこで様々な伝手を作ったり、社交の場での振る舞い方を学んだりするのだ。四歳年上の兄リアムも、すでに学校に通っている。

「入学だけではない。十六歳になれば社交界デビューが待っている。この招待状は、公の場に出る前に同年代の子供たちと交流をしておけという、王妃様の心配りだ。今まで隠してはきたが、そろそろクローディアのことを他家にも知らせたほうがいいということだろう」

父の言うことは分かる。私だって、いつまでも家に引きこもり続けられるとは思っていない。だけど……

私は正直な意見を口にした。

「だからといって、いきなりすぎませんか。きっと会場は大混乱に陥ります。前もって知らせておくとか、もう少し段階を踏むべきでは？」

私が闇の精霊王の加護を持っていると公表するためとはいえ、いきなり人前に姿を現さなくてもいいだろう。他にも色々方法がある気がする。

すると、父はそれも分かっていると言いたげな表情をした。

「このお茶会には主催者である王妃様も参加されるから、そのあたりは上手く取り計らってくださるだろう。王妃様からの手紙にも、そのように書いてある。今回のお茶会は、社交界デビューをしていない子供たちを集めたものだそうだ。参加者はいずれ学校で顔を合わせる子たちばかりだし、学校が休みの日だから、リアムも参加できる。それに、これは王家からの招待だ。いくら公爵家でも、断れない」

嫌だ。すごく嫌だけど、従うしかない。こうなったら腹をくって、少しでも味方を作れるように策を練るしかない。

「分かりました」

私は渋々頷いて退室した。

数日後。お茶会に向かうため、私は生まれて初めて邸の外に出た。

お茶会は王宮の庭園で行われるという。私はお茶会用のドレスを着て、兄と一緒に馬車に乗った。

「ああ、えっと……クローディア、その……綺麗だよ」

私が着ているのは、胸元が大きく開いた白いドレスだ。銀色の蔦のような模様が刺繍されており、体のラインがはっきりと出るデザインだ。

ハーフアップにされた髪には真珠の飾りがついていて、その中央には赤い小さな薔薇が飾られていた。

「ありがとう。でも、無理に褒める必要はないわ。紳士は女性を褒めるべきだけど、身内にまで気を遣わなくてもいいでしょう」

「お、お世辞を言ったつもりはないんだ。いつも綺麗だと思っている。そのドレスも、クローディアの肌と髪によく合っているよ。でも、今日は一段と綺麗だから緊張してしまって……」

「実の妹に何を言っているの」

どう考えても、歯の浮くようなセリフを吐くべき相手ではない。

「そ、そうだね。ごめん」

私は気恥ずかしくなって、何も言わず窓の外に目を向けた。素直にお礼を言えなかったけれど、嬉しくてかすかに口角が上がる。

そんな私を見て、兄は呆然としていた。呆れるほど変な顔をしてしまっていただろうか。私は慌てて顔を引き締めた。

それからは特に会話もないまま馬車は進み、しばらくして王宮に到着した。

お茶会の会場である中庭に着くと、まだ社交界デビューをしていない十代の子供たちが集まっていた。

貴族の令嬢たちが兄を見てうっとりとした顔をする。うちの両親は社交界でも有名な美男美女で、その血を色濃く受け継いだ兄は、そうそうお目にかかれないくらいのイケメンだ。おまけに次期公爵家当主ともなれば、妻になりたいと望む女子は多くいる。

美しく着飾った令嬢たちから、獲物を狙う獣のような視線を向けられて、兄は今すぐ踵を返しそうだった。だが、それを堪えて笑顔を保っている。

そんな空気を変えたのは、私の存在だった。彼女たちは兄のうしろに控えている私に気付くと、恐怖に顔を引きつらせる。

「あれがレイツィア公爵令嬢……」

「初めて見ましたが、本当に不気味な容姿ですわね」

「よくあんな褐色の肌なんかで人前に出られますわね。私なら恥ずかしくてとても無理ですわ」

「私があんな姿で生まれたら、ショックのあまり自殺してしまうかもしれません」

ヒソヒソ声なのに、嫌にはっきりと言葉が耳に届く。どうやら彼女たちは、私が闇の精霊王の加護持ちであることを知っていたようだ。王妃様からおのおの両親を通じて、あらかじめ私のことが伝えられていたのかもしれない。

そのおかげか、私が想像していたような恐慌状態にはならなかった。

それでも、この空気にさらされて平気な顔ではいられない。私は来たことをさっそく後悔し始める。その時、一人の女性が声をかけてきた。

「リアムとクローディアね。二人とも来てくれて嬉しいわ。私はこの国の王妃、アグネスよ」

いきなり王妃様から声をかけられるとは思わず、私は少し驚いてしまった。

王妃様は灰色の髪にアイスブルーの瞳をしている。少し吊り気味の目からは、気の強そうな印象を受けた。

兄は王妃様に向かって公式な礼の姿勢をとる。

「お初にお目にかかります。私はレイツィア公爵家嫡男、リアムです。この度はお招きいただきありがとうございます」

私も兄に続いてお辞儀をする。

「長女のクローディアです」

やや緊張しながらも挨拶すると、王妃様は満足そうに微笑んでくれた。

「今回は社交界デビューをしていない子たちばかり招待しているから、あまり硬くならず、気楽に楽しんでちょうだい」

さすがというべきか、王妃様は私の容姿を見てもまったく動じない。こういう人と親密な関係を築くことができれば、バッドエンド回避に繋がるだろうか。

そんなことをちらりと考えるものの、彼女の堂々とした姿を前にすると、恐れ多くてとても実行できそうになかった。

ふと、そのうしろに二人の少年が立っていることに気付く。そちらに視線を向けると、王妃様が口を開いた。

「紹介するわね。息子のレヴィとエドガーよ。レヴィはリアムと同い年だから、二人は学校で顔を合わせているわよね」

王妃様と同じ灰色の髪とアイスブルーの瞳をした少年が、彼女の横に進み出る。それを見て、兄は親しげな笑みを浮かべた。

「はい。クラスメイトとして仲良くさせていただいています」

レヴィ殿下は兄と一瞬目を合わせ、私のほうに向き直った。

「初めまして、レイツィア公爵令嬢。私はレイシア国の第一王子、レヴィ・レイシアです」

レヴィ殿下の物腰は優雅で、王子然とした態度だ。けれどその顔はわずかに引きつっている。私はそれに気付かないフリをして挨拶を交わした。

「お初にお目にかかります。クローディア・レイツィアと申します」

次に王妃様はレヴィ殿下のうしろにいる不機嫌顔の少年を紹介してくれた。

「こっちが二番目の息子、エドガーよ」

エドガー殿下は、茶色の髪と目をした、私と同い年くらいの少年だ。彼はこちらを一瞥すると、馬鹿にするように口角を片方だけ上げた。

「なるほど。黒髪黒目に褐色の肌か。初めて見たが、みなが言う通り不気味なものだな」

いきなり暴言を吐いたエドガー殿下を、王妃様がすかさず叱責する。

「エドガー!!」

王妃様から咎（とが）められても、エドガー殿下はふんっと鼻を鳴らすだけで謝るつもりはないようだ。

その様子を見て、私は違和感を覚えた。

あれ？　エドガー殿下って、こんな性格だったかしら。

小説では、彼はヒロインと婚約するのだ。前世の私は、ヒロインが結ばれる相手がなぜ第一王子ではないのかと疑問を抱いた記憶がある。

《聖女は王子に溺愛される》のような恋愛ファンタジー小説では、ヒロインは第一王子と結ばれて王太子妃になるような展開が多いと思う。けれどあの小説では、第一王子もヒロインに思いを寄せていたにもかかわらず、第二王子のほうがヒーローとして、より魅力的に描かれていた。

ただ、私の好みではなかったのであまり興味がなかったし、よく覚えていない。

「エドガー、彼女に謝りなさい。女性の容姿をそのように言うなんて、無礼だぞ」

レヴィ殿下にもそう言われ、エドガー殿下はいよいよへそを曲げたようだ。

「自分だって顔を引きつらせていたくせに」

彼はぼそりとつぶやく。けれどレヴィ殿下はこれを無視し、私に向かって口を開いた。

「レイツィア公爵令嬢、弟が失礼をした。許してくれ」

「いいえ、レヴィ殿下。気にしておりませんわ」

私が微笑んで言うと、エドガー殿下はばつが悪そうに視線を逸らした。

レヴィ殿下はそれも無視して、さらに私に話しかけてくる。

「もしよろしければ、あちらで少しお話ししませんか？　私はあなたに興味がわきました」

突然の申し出に驚いた。まさか王子から誘われるなんて、想定外だ。

けれど未来のことを考えると、願ってもない機会だ。歳が近い分、王妃様よりは気軽に話せそうだし、もし彼と親しくなれたら、将来ガルディア王国に嫁(とつ)がされそうになった場合、反対してくれるかもしれない。

小説では、クローディアが国外追放される時には、すでにレヴィ殿下は陛下の補佐として政治に関わっていた。彼はとても優秀で誠実なキャラクターだったので、臣下からの信頼も厚く、発言力も強かった。

ここで彼と親しくなっておくのは、きっとバッドエンド回避に役に立つ。

それに、そもそも相手は王子なので断れない。ここはとりあえず素直に従っておこう。

「私でよろしければ」

その返事を聞いて、レヴィ殿下はにこりと笑った。女性の好みそうな甘い笑みだ。けれど私にはそれが作り物めいて見えて、この王子は案外一筋縄ではいかないかもしれないと感じた。

「リアム、ちょっと君の妹を借りるよ」

そう言ってレヴィ殿下は、私を連れて歩き出した。その背中に、兄から「逃げたな」という謎の言葉が投げかけられた。

どういう意味だろうと疑問に思って、隣を歩くレヴィ殿下に視線を向ける。すると殿下は、悪戯がバレた子供のように肩をすくめて笑った。

私とレヴィ殿下は、兄たちから少し離れた席に着く。途端に、兄とエドガー殿下は令嬢たちに取り囲まれてしまった。

私はその様子をレヴィ殿下と一緒に見ていた。

「あのような不気味な妹を持ってしまわれるなんて、おかわいそうなリアム様」

一人の令嬢が、猫なで声で兄にすり寄り、私を侮辱する。それだけで、兄の機嫌が目に見えて悪くなった。

兄は眉間に皺を寄せ、低い声を出す。

「妹の容姿を不気味だという人間は確かにいる。でも俺はあの子を不気味だと思ったことはない。むしろとても神秘的だと感じているよ」

兄の言葉に、私は心底驚いた。今まで彼が私のことをどのように思っているのかなど、考えたこともなかったけれど、まさかそんなふうに思っていたなんて。

驚いたのは、私だけではない。兄にすり寄っていた令嬢たちも、一瞬呆気にとられていた。それでも、すぐに立ち直って媚びるような声で話し始める。

「まあ、神秘的だなんてお戯れを」

「あんな子を庇うなんて、お優しいのですね」

彼女たちは諦めが悪く、引き際をわきまえていない。

兄はにこりと人のよさそうな笑みを浮かべる。けれど目は笑っていなかった。

こんなに機嫌の悪い兄は初めて見る。いや、私は不機嫌な兄どころか、上機嫌な彼も知らない。そんなことが分かるほど、私は彼に関わってこなかったから。

兄はほの暗い笑みを浮かべながら、低い声で言った。

「あんな子……ね。随分な言い方じゃないか。だが、あの子も俺と同じ公爵家の人間だ。下位の貴族である君たちが軽んじていい存在ではない。もっとも、レイツィア公爵家を敵にまわしたいのなら構わないが」

自分たちの失態を悟った令嬢たちは青ざめて言葉を失う。

私と一緒にその光景を見ていたレヴィ殿下が口を開く。

「リアムを怒らせるなんて、馬鹿な子たちだな」

「レヴィ殿下は彼女たちから逃げたのですね。私を使って」

私が隣にいなければ、令嬢たちの半分は彼を取り囲んでいただろう。

「ごめん。怒った？」

口では謝っているものの、彼はまったく悪びれていない。

「いえ、お役に立てたのなら光栄です」

私が素っ気なく言うと、何が面白かったのか、レヴィ殿下は声を上げて笑った。

「あははっ。まったく光栄だとは思っていない顔だね」

ひとしきり笑ったあと、殿下は兄を取り囲んでいる令嬢たちに視線を向けた。

「それにしても、不愉快な連中だな。ああいう発言が自分の格を下げているとは思わないのかな」

眉間に皺を寄せて、私の悪口を言っていた令嬢たちを見ている。

本当に不愉快に感じてくれているようだが、よくあることなので私は気にしない。

「逆ですわ」

「逆？」

レヴィ殿下は私が何を言っているのか分からないらしく、きょとんとした顔で首を傾げる。その仕草が、なんとなく可愛いと思ってしまった。

「ええ。彼女たちは他者を見下すことで、己が相手よりも格上であると示しているのですわ」

「あそこにいる子たちはみんな、君より下位の家柄だけど」

レヴィ殿下はまだ納得していないようだ。

「でも、容姿はあの子たちのほうが上ですわ」

貴族の令嬢は肌が白ければ白いほど美しいとされる。他国ではどうか知らないが、レイシアではそうだ。私のような褐色の肌を持った令嬢は好まれるわけがない。

「……自分の顔、鏡で見たことある？　君は結構な美人だと思うよ」

「お気遣いありがとうございます。でも自分の顔ぐらい、毎日鏡で見ているので分かりますわ」

なぜかレヴィ殿下に呆れ顔をされた。私は本心を言っただけなのだが、何かまずかっただろうか？

このお茶会を機に殿下と仲良くなりたいと思ったけど、今まで人と関わってこなかったことが災いして、いまいち上手く話を盛り上げられない。それどころか、私はついつい素っ気ない態度を取ってしまう。

「信じていないね？」

「さあ、どうでしょう。……あら、兄がこちらに来ますわね」

令嬢たちの檻（おり）から抜け出した兄が、こちらに向かって歩いてくるところだった。その顔を見たレヴィ殿下は他人事のようにつぶやく。

「機嫌が悪いな」

「殿下が逃げ出したせいでもあるのでは？」

「そうだったかな」

レヴィ殿下はとぼけるように言った。

それから兄も合流し、私たちは三人で話をする。

そうしてお茶会はつつがなく終わったが、結局、兄とレヴィ殿下以外の人とは話すらしなかった。そのレヴィ殿下と友好を深められたのかどうかも微妙だ。

前世の私も友達のいない、ひねくれた子だった。だから友達の作り方がまったく分からない。

バッドエンド回避のために味方を作る計画は、前途多難なのだった。

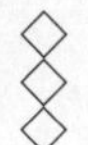

お茶会の日から数週間後。

兄のリアムが学校にいる時間帯を見計らって、私は下町の娘が着ているような質素な服を身につけた。それから、髪や肌を隠すために丈の長いコートを着て、フードを目深に被る。

『クローディア、どこかに出かけるのか？』

ジェラルドが不思議そうな顔をして尋ねてくる。

『ええ』

『誰かに言ったほうがよいのではないか？　せめてあの執事ぐらいには行き先を伝えておいたらどうだ』

彼は最近ちょっと過保護だ。人間をあまり信用していない彼だけど、執事のジョルダンと兄のリアム、レヴィ殿下のことは信用しているらしく、何かにつけて私に彼らを頼らせようとする。

『ダメよ。そうしたら絶対に護衛がつくでしょ。自由に動きづらくなるじゃない』

前世で庶民だった私は護衛されることに抵抗がある。まるで監視されているみたいで、落ち着かないのだ。一人のほうが気を遣わなくていいし、気楽だ。

『さあ、ジェラルド。私を下町に連れていって』

ジェラルドの使う魔法の一つに、影移動というものがある。これは瞬間移動のような能力で、影から影へと移動する。目的地を具体的にイメージすれば、一瞬でそこに移動することができるのだ。

この前のお茶会に行く途中、馬車の中から下町の様子を確認した。私が見た限り、小説に書かれていた町と同じようだから、行き先はイメージできる。

『分かった』

ジェラルドが私の思い浮かべた場所を読み取って、魔法を発動させた。

すると足元の影が濃くなり、私たちを覆い尽くす。

視界が闇に包まれたかと思うと、次の瞬間には目的の場所に着いていた。そこにある建物の影へと移動したようだ。

『ありがとう。では、行きましょうか』

私はフードが脱げないようにもう一度深く被り直し、建物の影から出る。

実はずっと、邸の外に興味があった。せっかく別の世界に転生したのだから、この世界のことをもっとよく見てみたいと思っていた。

今までは、私が闇の精霊王の加護持ちであることを知られないため、外に出るのは控えていた。けれどそのことが明るみに出た今、邸の外に出ても構わないだろうと判断したのだ。

ただ、騒ぎになるのはごめんなので、髪と肌はこうやってコートで隠している。

今回は、特に目的があって下町に来たわけじゃない。ぶらぶら歩きながら気になるお店を見てまわるつもりだ。私はひとまず大通りをまっすぐ進むことにした。

「お前、こんな所で何をしている？」

歩き始めてすぐ、背後から聞き覚えのある声がした。

「えっ⁉」

驚いて振り向くと、そこにはエドガー殿下が立っていた。市井にまぎれるためか、彼も平民のような服を着て変装している。

「よく私だと分かりましたね。フードで顔を隠しているのに」

「はっ、馬鹿にするな。それぐらい見れば分かる」

いや、普通は分からないと思う。すごい観察眼だ。

「で、一体何をしているんだ。護衛もつけずに、不用心じゃないか」

エドガー殿下は訝しげな視線を向けてくる。

「護衛なら、そこらの人間よりずっと優秀なのがついていますわ。そんなことより、エドガー殿下こそ、こんなところで何をしていらっしゃるのです。殿下にこそ護衛が必要なのでは？」

暗に、王子が一人で下町をうろつくなと言ったのだ。するとエドガー殿下は目を泳がせて逆ギレした。

「別にいいだろ！」

よくないよ！ この国の王子じゃん！ 何かあったらどうするんだ！

そうツッコミを入れそうになり、私は慌てて言葉を呑み込んだ。

「お前は買い物か？ 令嬢の中には、まれに下町で買い物をする奇特な者もいると聞くが……」

「ま、まあ……そんなところですわ」

違うけど、とりあえず話を合わせておく。

貴族は買い物をする時、わざわざ下町になんて来ない。商人を邸に招くのが普通だ。

「なら、仕方がないから付き合ってやる」

「はい？」

私は思わず聞き返してしまった。

「いくら加護持ちとはいえ、女が一人で出歩いているのを放っておいたと知られれば、母上に怒られるからな」

私はまだ何も言っていないのに、エドガー殿下はついてくる気満々だ。さすがは王族と言うべきか、少女小説のヒーローと言うべきか、俺様全開な彼である。

さて、どうしよう。

厚意はありがたいが、さすがに第二王子を下町散策に付き合わせるのは気が引ける。とはいえ、彼と親しくなるには、またとないチャンスでもある。

そう思って、チラリとエドガー殿下を見た。

「私は特に買いたいものがあって来たわけではありません。ただ、どんなものが売っているのか見てまわりたいだけで……。それでもよろしいですか？」

その言葉に、殿下はとても驚いた顔をする。

ぶすっとした表情しか見たことなかったけど、こういう表情は歳相応でちょっと可愛いかも。本人に言ったら怒られそうだが……。

「そ、そうか。色々見てまわりたいなんて意外だな」

まさか私がウィンドウショッピングをするとは思っていなかったのだろう。彼の反応を見ると、やはり付き合わせるのはまずい気がしてくる。

「やっぱり、一人で大丈夫です」

「いや、問題ない。俺も似たようなことを考えていた。では、行くぞ」

「は、はい」

私は戸惑いつつも、先に歩き出してしまったエドガー殿下のあとを追いかけた。


「あら？」

エドガー殿下と歩き始めてすぐのこと。視界の隅に、ある少女の姿が映った。

これまで実際に会ったことはない。でも、私は彼女のことを知っている。

彼女はエミリー・ルーシャン伯爵令嬢。

小説では、ヒロインの親友だ。ヒロインが虐められる度に、彼女はクローディアに立ち向かい、時にはヒロインをはげますキャラクターだった。

赤い髪にエメラルドのような瞳、そして気の強そうな顔立ち。今は下町の娘に扮しているみたいだけど、赤い服がよく目立つ。小説でも、彼女は自分の髪と同じ色の赤い服を好んで着ていたのですぐにピンときた。

私がルーシャン伯爵令嬢をじっと見つめていると、人相の悪い男が彼女に近付いていった。なんだか嫌な予感がする。

案の定、男はニタニタと嫌な笑みを浮かべて、ルーシャン伯爵令嬢の腕を掴んだ。

「何をするの!? 離しなさいっ！」

驚いて声を上げるルーシャン伯爵令嬢を、男は舐めるように見ている。

「道に迷ってるんだろ？　親切な俺が案内してやるよ」

「結構よっ！」

二人のやり取りに気付いて足を止める者もいたが、厄介事には関わりたくないのか、誰も彼女を助けようとしない。

ルーシャン伯爵令嬢はなんとか男の手を振りほどこうとするものの、少女の力では到底敵わず、逃げられないでいた。

私はじっとしていられなくて、彼女のほうに足を向けた。

「おい、どうした？」

急に方向転換した私を不審に思ったのか、エドガー殿下が尋ねてくる。私が向かう先を見て、彼も騒動に気が付いたようだ。

「殿下、騎士を呼んでください。ジェラルド、あの男を拘束して」

『任せろ』

ジェラルドが短く答えると同時に、男の影がその体に巻き付き、あっという間に動きを封じた。

ルーシャン伯爵令嬢や野次馬（やじうま）たちは、影に拘束された男を見て混乱している。やがて男は、殿下が連れてきた騎士によって連行された。

ルーシャン伯爵令嬢は何が起きたのかまったく分かっていないようで、呆然としていた。

襲われたことにショックを受けているのだと勘違いした騎士が、彼女にそっと声をかけてどこかへ連れていく。これから事情聴取でもするのだろう。

野次馬（やじうま）たちは首を傾（かし）げつつも、やがて方々（ほうぼう）に散っていった。

「怪我は？」

エドガー殿下が心配そうに尋ねてくる。ジェラルドがすべて片付けてくれたので、私が怪我をするわけがないのだが、こんなふうに心配されるのは嬉しいものだ。

「ありません」

「そうか。……今さらだが、こういう時は女のお前が騎士を呼びに行くべきだと思う。そのほうが安全だろう」

エドガー殿下は眉間（みけん）に皺（しわ）を寄せて言う。けれどまずい対応だったとは思わない。王族である彼を危険にさらすわけにはいかないし、ジェラルドがいるから私のほうが強い。

「そうですか？　でも問題はなかったじゃないですか」

「お前の身に何かあってからじゃ遅い！」

エドガー殿下はそう怒鳴った。本気で怒っていることが分かる。

これにはとても驚いた。今まで私を叱る人なんていなかったから。みんな私の報復を恐れて強く出られないのだ。

「あなたに何かあっても困るんじゃないですか？」

「俺には兄上がいる」

だから問題ない、とエドガー殿下は言う。

「奇遇ですね。私にもいます」

家を継ぐ者がいれば問題ないということなら、私にだって兄がいる。そう言ったら、エドガー殿下は黙ってしまう。

その時、騎士の一人が私たちの会話に割り込んできた。

「あ、あのぉ～。一応事情をお聞きしたいので、詰所までご同行願えませんかねぇ～」

妙に間延びした口調の騎士は、私の顔を覗き込もうとしてくる。フードを目深に被って顔を隠しているから、怪しまれているのかもしれない。

別にうしろ暗いところはないのだが、騎士団の詰所（つめしょ）に行くのは少々まずい。詰所（つめしょ）には父がいるのだ。もし不在だったとしても、この容姿を見られてしまったら一瞬で身元を特定されて、父に報告がいくに違いない。

私はなんとかこの場で事を収めようと口を開く。

「女性がごろつきに絡まれていたので、私が助けた。それだけですわ」

そう言って立ち去ろうとすると、騎士は私の腕を掴んで引きとめた。

「待ってくださ～い」

「まだ何か？」

私は顔を見られないよう、振り返らずに聞いた。

「詰所（つめしょ）に行けない理由でもあるんですか～？」

あるよ！　行けば、勝手に邸（やしき）を抜け出したのが父にバレてしまう！

「急ぎの用がありますので、手を離してください」

「だったら、お顔を見せていただけますか～？」

騎士は私の返答を待たず、手をフードに伸ばしてくる。

「よせ」

すんでのところで、エドガー殿下が待ったをかけた。視線を向けると、彼はいつもの不機嫌顔で騎士を睨みつけていた。

「彼女の身元は俺が保証する。それでは不服か？」

「い、いえ～」

騎士はエドガー殿下の身分を知っているのだろう。慌てて私の腕から手を離し、そそくさと去っていった。

その背中を見送ってから、私はエドガー殿下にお礼を言う。

「ありがとうございます。助かりました」

殿下はこちらを振り返ると、相変わらず不機嫌そうな顔で口を開いた。

「事情は知らないが、ここにいたと知られたくないのだろう？　邸まで送るから、今日はもう帰れ」

「ええ、そうします。ただ、魔法で帰るので、送っていただく必要はありませんわ」

その言葉を聞いて、エドガー殿下は目を見開いた。

「影移動が使えるのか？」

「はい。ジェラルド……闇の精霊王の魔法です」

「そうか……ならいい。まっすぐ帰れよ」

私はエドガー殿下にもう一度お礼を言うと、ジェラルドに影移動を頼む。

すると来た時と同じように視界が闇に包まれ、次の瞬間には自分の部屋に立っていた。

「お帰りなさいませ、お嬢様」

突然背後から声がした。

「きゃっ」

驚いて振り向くと、そこには穏やかな笑みを浮かべたジョルダンがいた。けれど目は笑っておらず、うしろに般若(はんにゃ)の幻覚が見える。

「お待ちしておりました、お嬢様」

「た、ただいま」

静かに怒るジョルダンを見ながら、ジェラルドが呆(あき)れたように言った。

『だから執事には言っておいたほうがいいと言ったんだ』

うるさいよ、ジェラルド。

このあと私は、無断で外出したことについて、ジョルダンにこってり絞られるのだった。

それから数日経ったある日のこと。いつものようにジョルダンに勉強を見てもらったあと、彼から二通の封筒を渡された。

「手紙？　私に？」

受け取った手紙のうち一通は、先日、下町で助けたルーシャン伯爵令嬢からのもの。

もう一通は、エドガー殿下からだった。

ルーシャン伯爵令嬢の手紙には、先日のお礼がしたいと記されていた。あの時は顔を隠していたのに、どうして私だと分かったのだろう？　もしかしたら、エドガー殿下が教えたのかもしれない。

エドガー殿下の手紙には、なぜかレヴィ殿下とともにうちを訪ねたいと書いてある。

小説には、クローディアが彼らと交流を持っていたなんて設定はなかったはずだ。もしかしたら先日の行動がきっかけで、筋書きが変わり始めているのかもしれない。

でも、私の国外追放の可能性が消滅したわけではないだろう。まだヒロインは登場すらしていないし、油断は禁物だ。

となれば、これを機にエドガー殿下やルーシャン伯爵令嬢と仲良くなっておいたほうがいい。何せ、彼らはヒロインと関わりのある重要人物なのだから。

彼らのみならず、レヴィ殿下と親しくなるチャンスでもある。

ただ、王子たちをうちに招いたところで、私一人では上手く会話を続けられないかもしれない。お茶会の時のように素っ気ない態度を取ってしまったら、逆に嫌われてしまう危険がある。

王子たち以外にも誰かいれば、少なくとも場が白けることはないのではないか。

そう考えた私は、ルーシャン伯爵令嬢も一緒に招待して、小さなお茶会をすることにした。

早速ジョルダンに相談していると、どこからともなく兄のリアムがやってきて、自分も参加すると言い出した。

彼はレヴィ殿下と仲が良いし、上手く場を盛り上げてくれそうだ。

そんな下心を持って、兄の参加を受け入れる。

誰かを家に招くなんて、今までの人生どころか前世でもありえなかった。人の笑顔が溢れる賑やかな日を想像して、私は期待に胸を膨らませたのだった。

そうして迎えたお茶会の日。

私は初めてのことに緊張していた。

これを機に友達ができればいいなと思う。バッドエンド回避も重要だけど、純粋に友達が欲しい。今までは邸から出してもらえなかったので仕方なかったが、外に出られるようになってもずっと『ぼっち』でいるのは嫌だ。

三人はお昼すぎに来た。ジョルダンとともに彼らを迎えて、ティールームに案内する。

エドガー殿下は、金糸の刺繍があしらわれた白い服を着ていた。相変わらず不機嫌そうな顔をしているが、攻撃的な雰囲気ではない。

ルーシャン伯爵令嬢が着ているオレンジ色のドレスは、彼女の赤い髪によく映える。

レヴィ殿下はあまり装飾のない黒い服だ。シンプルだが、一目見ただけで上質だと分かる。

丸テーブルを囲んで、私の右隣に兄、その隣にレヴィ殿下、エドガー殿下、ルーシャン伯爵令嬢の順に座った。

全員が席に着いたのを見て、まず私が挨拶をする。

「今日はようこそお越しくださいました。これは私が作ったクッキーです。お口に合えばよろしいのですが……」

前世ではお菓子作りが趣味だった。せっかく来てくれるのだから、何かおもてなしがしたいと思って、一番得意なクッキーを作ることにしたのだ。

手作りのクッキーを出したら、少しは好印象を与えられるような気がした。

でも、今さらだが、貴族令嬢が自ら料理をするなんて、はたして好意的に受け取られるのだろうか？

だんだん不安になってくる。

するとレヴィ殿下がにこりと笑って口を開いた。

「ありがとう、レイツィア公爵令嬢。君の作った物なら美味しいに決まっているよ」

息をするようにスラスラと褒め言葉を紡ぐ彼。紳士とはこういうものなのだろうか。だとしたら、常に不機嫌な顔をしているエドガー殿下のほうが珍しいのかも。

そう思ってエドガー殿下を見ると、彼は居住まいを正して話し始めた。

「レイツィア公爵令嬢、本日はお招きいただき感謝する。今日は、母上が主催したお茶会での非礼を詫びたくて来たんだ。……すまなかった。どんな理由があっても、あのように人を貶めていいはずがない。本当に申し訳なく思っている」

あのツンケンしていたエドガー殿下が、まるで別人のようにしおらしい。私は驚いてわずかに目を見開いた。

「私からも謝罪させてくれ。エドガーは以前のお茶会で女性にしつこく言い寄られていてね。私たちのような地位の高い人間にはよくあることなんだけど、エドガーは最近お茶会に出始めたばかりで、まだ慣れていなくて……」

レヴィ殿下は困ったものだと笑う。

「そのせいでエドガーはすっかり女性嫌いになってしまってね。あの日もお茶会に行きたくないと最後までごねていたんだ。それを私と母上で無理やり連れていったものだから……」

そう言いながら、レヴィ殿下は弟のほうを見る。するとエドガー殿下は肩を落として再び口を開いた。

「レイツィア公爵令嬢には関係のないことで八つ当たりしてしまった。それも、みんなの前であんなことを言うなんて……本当に、すまない」

彼は私に向かって頭を下げた。

「それを言うためにわざわざいらしたのですか？　先日お会いした際に一言いただければ十分でしたのに……」

「そういうわけにはいかない。これはお詫びの印だ。受け取ってもらえるとありがたい」

そう言ってエドガー殿下は、綺麗に包装された正方形の物をポケットから出し、テーブルの上に置いた。

「ありがとうございます。開けてみても？」

「ああ」

包みを開けると、中から小箱が出てきた。その小箱には、ダイヤモンドのペンダントが入っていた。

ダイヤモンドの大きさは小石ほどで、貴族の令嬢に贈るにはささやかすぎる。だが、前世で庶民だった私は、これをお詫びにもらうなんて気が引けてしまう。

「こんな高価なもの、いただけませんわ」

「そう言わず受け取ってほしい。レイツィア公爵令嬢の好みではないかもしれないが……」

「そんなことありません。とても素敵です！　殿下が選んでくださったのですか？」

ネックレスはシンプルで、あまり派手な物が好きではない私にとって好みのデザインだった。

「いや、兄上に助言をもらった。女が好む物など分からなくて、一人じゃ選べなかったんだ」

エドガー殿下は恥ずかしそうに苦笑した。

「もしかして……この前、下町にいらしたのは……」

「ああ、そうだ。最初は兄上に相談せず、自分で選ぼうと思ったんだ。だが迷ってしまって、結局日を改めて兄上に助けてもらった」

エドガー殿下はそう言ってレヴィ殿下を見た。王族の二人が、下町でこっそり買い物をするなんて、滅多にできることではないだろう。その時のことを思い出しているのか、エドガー殿下は嬉しそうに笑っている。

そんなエドガー殿下を見て、レヴィ殿下は苦笑いしながら紅茶に口をつけた。

「エドガーは馬鹿だね。黙っていればいいのに」

茶化すように言うレヴィ殿下。兄はそんな彼に呆れ顔をして、わざとらしく大きな溜息をつく。

「正直なところはレヴィも見習うべきだと思うけど」

するとレヴィ殿下は心外とばかりに兄を睨んだ。

「俺が嘘つきだと言いたいのか?」

「さあ?」

そのやり取りから、二人が気のおけない友人同士なのだと分かった。

兄とレヴィ殿下がそんな会話をしている横で、私はエドガー殿下に尋ねる。

「本当にいただいてもよろしいのですか?」

「ああ、遠慮せずもらってくれ」

エドガー殿下にそう言われ、私はありがたくネックレスを受け取った。

それから、左隣に座っているルーシャン伯爵令嬢に目を向ける。

「ルーシャン伯爵令嬢も、本日はわざわざお越しいただき、ありがとうございます」

「いえ、とんでもないです。こちらこそ、先日は危ないところを助けていただき、ありがとうございました」

ルーシャン伯爵令嬢は、深々と頭を下げる。

「頭を上げてください、ルーシャン伯爵令嬢。私は人として当然のことをしたまでですわ」

「それでも助けていただいたことに変わりはありません。あの、よろしければこれを」

差し出されたのは、瑠璃色のハンカチだった。

「まあ、綺麗な色ですね。いただいてよろしいのですか？」

「はい。助けていただいたお礼です」

「ありがとうございます」

エドガー殿下とルーシャン伯爵令嬢。二人からの贈り物はとても嬉しい。まさか自分が人から物を贈られることになるなんて思いもしなかった。

人から好意を向けられると、こんなに幸せを感じるものなのか……

ずっと『ぼっち』だったので、よけいに嬉しいのかもしれない。

この喜びを二人に伝えたいと思っても、私の表情筋はなかなか上手く動いてくれない。その結果、どちらの贈り物も無表情で受け取り、淡々とお礼を言うだけになってしまった。

それを誤魔化すように、私は話題を変える。

「――あの時、私はフードで顔を隠していましたわよね？　なのにどうして私だと分かったのですか？」

ルーシャン伯爵令嬢に問いかけながら、『バラしたのか？』と咎めるようにエドガー殿下を見る。すると彼は首を左右に振った。

その様子を見ていたレヴィ殿下が、さっと手を挙げる。

「私だよ、教えたのは」

どうしてここでレヴィ殿下が出てくるのか。彼はあの場にはいなかったはずだ。

そんな疑問を顔に浮かべた私に、レヴィ殿下はくすっと笑って種明かしをしてくれた。

「実は、私も近くにいたんだよ。確かにレイツィア公爵令嬢の顔は見えなかったけれど、男を拘束した魔法は闇属性のものだった。見る人が見れば、闇の精霊王の力だと分かるよ」

まさか彼もあの場にいたなんて。この国の王族はそんなにほいほい下町に顔を出しているのだろうか。

「あのあと、私はエドガーに付き添って騎士団の詰所に行ったんだ。その途中で、事情聴取が終わって家に帰るルーシャン伯爵令嬢と会ってね。彼女が、自分を救ってくれた人が誰なのか知りたがっていたから教えたのだけど……マズかったかな？」

レヴィ殿下は爽やかな笑顔で聞いてくる。

「いいえ、問題ありませんわ」

私がそれだけ答えると、テーブルが静まり返った。

こういう時は、主催者である私が次の話題を振らなければならないのだが、とっさに気の利いた話ができるほどの社交スキルはない。

困っていると、レヴィ殿下が助け舟を出してくれた。

「レイツィア公爵令嬢、君と一緒に私たちを迎えてくれた執事は、ジョルダンだったよね？」

「え？　ええ……そうですが、どうして彼の名前をご存じなのですか？」

突然の質問に、私は少々面食らった。公爵家に仕えているとはいえ、一介の執事の名前をどうして知っているのだろう？

「ジョルダンは元騎士なんだよ。怪我で引退していなければ、君の父上であるレイツィア騎士団長の右腕として働いていただろう。現役時代は団長と並ぶ実力の持ち主だったと聞いたことがあるよ」

私は驚いて言葉を失う。

「ご存じなかったのですか？」

ルーシャン伯爵令嬢が不思議そうに言った。きっと王侯貴族の間では有名な話なのだろう。

「ええ……ジョルダンはあまり自分のことを話しませんし、私も聞かないので。それに、私は先日の王妃様のお茶会に参加するまで、邸を出たことがなく、他の人から聞く機会もありませんでした」

私がそう話すと、ルーシャン伯爵令嬢が遠慮がちに口を開いた。

「あの、レイツィア公爵令嬢。その、もしよろしければ……私が主催するお茶会にいらっしゃいませんか？」

どうやら気を遣わせてしまったようだ。

「お気遣いありがとうございます。ですが――」

断ろうとした私に、ルーシャン伯爵令嬢はさらに言葉を重ねてきた。

「気を遣っているわけではありません！　その……私は、レイツィア公爵令嬢とお友達になりたいのです」

え？　友達がいないことが辛すぎて、ついに幻聴が聞こえるようになってしまったのだろうか。

「失礼、もう一度言ってくださる？」

「はい！　私はレイツィア公爵令嬢とお友達になりたいのです！」

あれ？　幻聴じゃなかった。

「私、闇の精霊王の加護持ちなのですけれど……」

「存じ上げておりますわ」

彼女は、『それが何か?』とでも言わんばかりに首を傾げた。

「私と友達になるということは、あなたも差別の対象になるということですよ」

「人を差別するような人に、何を言われても傷付きませんわ」

ルーシャン伯爵令嬢はきっぱりと言い切った。さすがはヒロインを叱咤激励するキャラクターなだけある。私にとってもありがたい言葉ではあるけれど……

「闇の精霊王の加護を持つ者を恐れるのは当たり前でしょう。闇の精霊王はかつて国を滅ぼした存在ですから」

己を害する可能性のあるものを恐れるのは、生物として当然のこと。加えて、私の肌や髪、目の色はレイシアでは珍しく、なおさら不気味に見えるだろう。だから、これは仕方のないことなのだ。

そう思っていたら、ルーシャン伯爵令嬢はまた首を傾げた。

「あら、レイツィア公爵令嬢がいつ、そのお力で人を傷付けましたか？　私は存じ上げませんわ」

「でも、建国神話では闇の精霊王の加護を持つ者が、世界を滅ぼしかけたと……」

「レイツィア公爵令嬢は、世界を滅ぼすおつもりなのですか？」

そんなわけない。いくらみんなから忌み嫌われる運命にあっても、世界を呪いたいとは思わない。

「闇の精霊王の力で人々を苦しめたのは、建国神話の『英雄』であって、あなたではありません。それにあなたは、そのお力で私を助けてくださいましたわ。私はそんなレイツィア公爵令嬢と、もっと親しくなりたいのです」

ルーシャン伯爵令嬢の言葉は、正論だった。

「ダメでしょうか？」

「いいえ、とても嬉しいですわ」

嘘ではなく、本当に嬉しいはずなのに、どうしても素直に喜べない。

将来ルーシャン伯爵令嬢がヒロインの親友になるからなのか、それとも私の心がひねくれすぎてしまっているからなのか。

複雑な心境でいる私に、彼女は満面の笑みを向けてくれる。

「ありがとうございます！　私のことはエミリーとお呼びください」

「では、私もクローディアと」

彼女が私の、初めての友達。そう思うと、胸の奥がじんわり温かくなった。

成り行きを見守っていた殿下たちが、にやりと笑って便乗してくる。

「いいね。じゃあ、私もクローディアと呼ばせてもらって構わないかい？」

「俺も」

急な展開に、私の頭はもうついていけなくなっていた。

「構いませんよ」

断る理由もないのでとりあえず了承すると、レヴィ殿下はとんでもないことを言い出した。

「クローディアも、私たちのことを呼び捨てにしてくれ」

「そんな！　できませんよ」

王子たちを呼び捨てにするなんて、できるわけがない。

「おや、残念」

そうは言いつつ、レヴィ殿下はたいして残念そうでもなく、あっさり引き下がった。

私が断るのを分かった上で言ったのだろう。

そのやり取りを聞いていた兄が、ムッとして口を開く。

「レヴィ、あまり妹にちょっかいを出さないでくれるか？」

「どうして？　彼女とはいいお友達になれそうなのに」

レヴィ殿下は満面の笑みを浮かべている。

兄をからかいたかったのか、私をからかいたかったのか……この人はイマイチ謎だ。

そう思っていると、エドガー殿下がボソリと私に言う。

「お前は兄上に気に入られたようだ。同情するよ。兄上は気に入った人間を構い倒すからな」

構い倒すとはどういうことだ。何をされるのだろう。

同情すると言うなら、そこは弟として助けてほしい。

そんな私の心を読んだかのように、エドガー殿下が口を開く。

「先に言っておくが、俺は兄上に勝てないから助けてはやれない」

つまり、諦め(あきら)が肝心(かんじん)ということなのか。

何はともあれ、殿下たちと友好的な関係を築くという目的は達成された。

小説では、クローディアとヒロインの親友であるエミリーが仲良くなることはない。

ヒロインに好意を持っていたレヴィ殿下も当然、クローディアとは敵対関係にあった。

だというのに、お茶会は大成功に終わったのだ。

小説のクローディアと違う行動をしていれば、未来は変わっていくのだろうか。もしそうなら、バッドエンド回避も夢じゃないかもしれない。

そして私は、バッドエンドを回避すること以上に、彼らとの友人付き合いにも期待していた。

エミリーたちとのお茶会から一ヶ月。

もうすぐ私に弟か妹ができるらしいとジョルダンが教えてくれた。

医師の話によると、母のお腹の子は順調に育っているそうだ。

母の体に障(さわ)るといけないので、私は会いに行っていない。せっかく子供を身ごもるくらい体調がよくなったのだから、母子ともに健康な状態で出産の日を迎えてほしい。

そんなある日、私の部屋にはレヴィ殿下が来ていた。

あのお茶会の日以来、エミリーや殿下たちがよく遊びに来る。特にレヴィ殿下は、暇を見つけてはやってくるので、私も随分打ち解けた。

殿下は学校やら公務やらで忙しいのだから、休みの日くらい王宮でゆっくり休んでいればいいのにと思う。けれど、なぜか我が家でくつろぐのがお決まりになりつつあった。

そんな彼に、私は新しい家族ができるという話をした。

「どうして会いに行かないの？」

殿下は不思議そうな顔をして聞いてくる。

「誰に会いに行くのです？」

「それはもちろん、レイツィア公爵夫人でしょ」

この人は何を言っているのだ。そんなことをしたら、母に無駄なストレスを与えて、子供が無事に生まれてこられないかもしれないじゃないか。

「あなたが会いに行かれてはどうです？　きっと喜ばれますよ」

「冗談じゃない。俺が公爵に怒られてしまうよ」

父は母を溺愛しているので、家族以外のお見舞いは負担になるからと断っているようだ。とはいえ、いくらなんでも王族である殿下を怒りはしないと思うのだが。

ちなみにレヴィ殿下は、親しい人の前では一人称に『俺』を使っているらしい。

私のほうも、軽口を叩けるくらいには彼に気を許していた。

「もしそうなったら、笑い飛ばしてさしあげます」

「そういう時は、優しく慰めてほしいのだけどね」

そんな会話をしていると、いつの間にか兄のリアムが私の部屋に入ってきていた。彼は私たちを見て、口の端をピクピクさせている。

レヴィ殿下が嫌そうな顔をしながら兄に声をかけた。

「何しに来たんだ、リアム。せっかく二人きりで楽しく過ごしていたのに」

「お前はさも自分の家のようにくつろいでいるが、ここはクローディアの部屋だ。兄である俺が妹の部屋に来てなんの問題がある」

「大ありだよ。人の逢瀬を邪魔するなんて、無粋にもほどがある」

レヴィ殿下はわざとらしく肩をすくめ、溜息をつく。

彼は、本当に兄をからかうのが好きだ。

「逢瀬と言うなら、私にも相手を選ぶ権利がありますよ、レヴィ殿下」

「わぉ！　何気に失礼。クローディアは最近、俺に容赦がないよね」

そんな私たちのやり取りを見て、なぜか兄は満足そうに笑っている。それを見たレヴィ殿下は、再びやれやれと肩をすくめた。

そんな日々が続き、あっという間に出産の日がやってきた。

夜に陣痛がきた母は、出産のために用意された部屋に入った。

父と兄はその隣の部屋で、新たな命が誕生するのを待っている。私はジェラルドと一緒に自分の部屋のバルコニーで星を眺めていた。

しばらくすると、あたりにいた風の精霊たちがざわつき始め、やがて一斉にある場所を目指して飛んでいく。

「どうやら、生まれたようだな」

ジェラルドが、珍しく念話を使わずに話しかけてきた。

「そのようね」

レイツィア公爵家の人間は、風の精霊に愛されている。父が風の精霊王の加護を受けているから、その血を引く者はなおさら彼らに大事にされているのだろう。

だから子供が生まれると、ああやって下級精霊が見に行くのだ。兄の時もそうだったと聞いている。

ただ、私が生まれた時は、蜘蛛(くも)の子を散らすように逃げていったらしい。

闇の精霊王は強すぎる魔力のせいで、他の精霊たちからも畏怖(いふ)される存在だ。

簡単に近付けるのは、他の属性の精霊王たちだけ。とはいえ、闇の精霊王はどの精霊王よりも強い魔力を持っているので、彼らにも警戒されている。

ジェラルドは寂しくないのかしら……

そんなことを考えていると、ジョルダンがバルコニーにやってきた。

「お嬢様、お生まれになったのは弟君ですよ。名前はシルフォンス様に決まったそうです」

「なら、愛称はシルかしら?」

「そうですね。お嬢様も一度見に行かれませんか?」

ジョルダンはそう言ってくれたが、私が行くわけにはいかない。

「せっかくだけど、私は遠慮するわ」

「しかし、お嬢様……」

「赤ん坊はとても敏感なのよ。私が近付けば、きっと泣いてしまうわ」

「そうですか……分かりました」

ジョルダンは残念そうな顔をして、部屋の中に戻っていった。罪悪感がわいてくるが、これればかりは仕方がない。

「赤ん坊など、泣き喚いてうるさいだけではないか。わざわざ見に行く必要などない」

「あら、ジェラルドは赤ちゃんが嫌い？」

「興味がないだけだ」

ジェラルドは拗ねたように言う。赤ん坊は精霊の気配に敏感だ。きっと今まで、赤ん坊に泣かれてばかりいたのだろう。

「……まあ、私から弟に会いに行くことはないわよ」

私はそう言いながら、風の精霊たちが飛んでいった方向を見つめた。

弟が生まれて、もうすぐ一年が経とうとする頃。

私は彼に近付かないようにしていたので、そのおかげか、何も問題は起きていなかった。

このまま弟が大きくなるまで、陰ながら見守っていよう。

そう思っていたある日、事件が起きてしまった。

私が下町へ出かけて、帰ってきた時のこと。その日は馬車を使って出かけたため、私は表玄関から家に入った。

玄関扉を開けたところに、吹き抜けのエントランスホールがある。

ホールをぐるりと取り囲んでいる二階の廊下をふと見上げると、そこからシルフォンスが一階を覗き込んでいた。赤ん坊のシルフォンスは私に気付くと、こちらへ来ようとしたのか、手すりの間をあっさりとくぐり抜ける。

「危ないっ！」

シルフォンスの手が空を切り、体が傾く。その動きは不思議とスローモーションに見えた。

私は落ちてくる弟を受け止めるために、両腕を伸ばして駆け寄る。

彼の周りにいた精霊が下から風を吹かせてくれたので、落下の速度が緩み、なんとか受け止めることができた。

腕に落ちてきた時の衝撃も、ほとんどなかった。

恐らく、私が受け止めなくても、無事に着地していただろう。

見たところ怪我はなさそうだったが、シルフォンスはエントランスホールに響きわたるくらい大きな声で泣き出してしまった。

その泣き声を聞きつけた侍女が、ものすごい形相で走ってくる。

「何をなさっているのですか！」

侍女はそう叫んで、私からシルフォンスを奪い取った。弟の専属侍女として新しく雇われた人だ。

シルフォンスをあやしながら、私を睨みつけてくる。その目は明らかに私を疑っていた。

私は普段、ジョルダン以外の使用人と接することがないので、侍女たちは相変わらず私を忌避している。

侍女に続いて、母と乳母がエントランスにやってきた。

「シルフォンス様！　よかった……ようやく見つけました」

乳母が心底ほっとした声で言う。

彼女の言葉から察するに、恐らく目を離した隙に部屋から出てしまったのだろう。

母は一瞬私を見たが、すぐに目を逸らしてシルフォンスの専属侍女に話しかけた。

「一体何があったの？」

「お嬢様がシルフォンス様に危害を加えようと……」

案の定、侍女は私を悪者扱いし始める。

「待って、私は何もしてないわ！」

「では、なぜシルフォンス様がこのように泣いておられるのですか！　私が来た時には、お嬢様の腕の中で泣いておられました。あなたが何かしたとしか思えません」

たったそれだけのことで疑われるなんて、もうやってられない。

「クローディア、あなたまさかシルを……」

母の顔が青ざめていく。

「待ってください、私は……」

思わず一歩を踏み出した。そんな私を見て、母は慌てて侍女からシルフォンスを受け取る。そして私から守るように抱きしめた。

「やめて。シルに近付かないで」

今まで私のことを見ただけで顔を強張（こわば）らせ、体調を崩していた母が、キッと睨（にら）みつけてくる。

無実なのに犯人扱いされ、おまけに庇（かば）ってくれる人もいない。

こういうのを四面楚歌（しめんそか）というのかもしれないと、私は他人事のように思った。

「本当に、私がシルフォンスに何かしたとお考えですか？」

「ええ。だって、憎らしく思っているんでしょう？　あなたを受け入れられない私たちのことを。だから、その仕返しにシルを……」

「奥様！　何をおっしゃるのですか！」

ジョルダンが騒ぎを聞きつけてやってきた。彼は私を庇うように母との間に立つ。

その姿を見て、シルフォンスの専属侍女が声を上げた。

「ジョルダン様、なぜ庇うのですか！」

「黙りなさい。お嬢様に暴言を吐いたそうですね？　お仕えしている家のお嬢様を貶めるなど、使用人のすることではありません。今すぐ荷物をまとめて出ていきなさい」

「そんな！」

侍女の悲痛な声が響く。

「公爵夫人」

私が呼びかけても、母は目を合わせようとはしない。それでも構わず私は続けた。

「今のがあなたの本心ですか？　私があなたたちを憎み、危害を加えようとしていると、本当に思っているのですか？」

「だって、そうとしか考えられないもの！」

母は恐怖で顔を引きつらせながらも、そう言い切った。

「奥様！　お嬢様はそのようなことをなさいません！」

ジョルダンがなおも庇おうとしてくれる。その時、聞き慣れた低い声がエントランスホールに響きわたった。

「愚かだ。実に愚かだ。さっきから黙って見ていれば、好き勝手言いおって。クローディアはその小僧に何もしておらんぞ」

突如として姿を現したジェラルドに、母と侍女が悲鳴を上げる。母の腕の中にいたシルフォンスは、一際大きな声で泣き始めた。

ジェラルドが不愉快だと言わんばかりに眉間に皺を寄せる。

「クローディアは二階から落ちたその小僧を助けただけだ。そこの女、くだらない憶測でクローディアを貶めるな」

「ひっ」

地を這うような低い声に、シルフォンスの専属侍女は短い悲鳴を上げて倒れてしまった。ジェラルドのおかげで誤解は解けたかもしれない。

だがこの事件をきっかけに、私と母の間に決定的な溝ができたのは、誰の目から見ても明らかだった。

その後、ジョルダンから報告を聞いた父が、部屋に引きこもっていた私のもとにやってきた。

先ほど私に言いがかりをつけた侍女を解雇したと告げ、それから申し訳なさそうに再び口を開いた。

「クローディア、イサナのことなんだが……」

「公爵夫人がどうかされましたか？」

何もなかったかのように振る舞う私に、父は困惑の表情を見せる。

「……すまなかった」

色々言葉を用意して来たはずだろうに、父はそれだけしか言わなかった。私はそんな彼を無表情で見つめる。

父もしばらく無言で私を見ていたが、溜息をついたあと、深く頭を下げた。

「それと、シルのことは……ありがとう」

「いいえ。人として当然のことをしたまでですから」

シルフォンスは私の弟でもある。たとえ、この手で抱くことすら許されていなくても。

「そうか……」

父はそれだけ言って、また黙り込んでしまう。

「まだ何か？」

「あ、ああ、その……大丈夫か？」

「何がでしょう？」

父が何を気にしているのか分からない。だって、私は大丈夫だもの。こうなる可能性だって、ちょっと考えれば分かったことだ。

私が忌避(きひ)されるのは、仕方がないこと。だから、傷付かない。傷付いてなどいない。

そう自分に言い聞かせる度、溢(あふ)れそうになる涙を私はなんとか堪(こら)えた。

「あ、いや、大丈夫ならいいんだ」

父は逃げるように部屋から出ていき、私は再び一人になった。

私は世界を滅ぼす力を持っている。人に怖がられ、嫌われるのは当然のことだ。たとえ血の繋がった親であっても、例外ではない。

これは仕方がないことなんだと、もう一度自分に言い聞かせ、部屋で一人涙を呑んだ。

第二章

あれから一年が経った。

春の花が咲き誇る季節だ。優しい日の光が周囲を包み込んでいる。

だが、私たち家族の間に流れる空気は、そんな暖かさとは無縁だった。

私は例の事件以来、ますます母や弟と距離を取るようになっていた。なるべくシルフォンスと出くわさないようにしているし、母や侍女たちも彼が私に近付かないよう注意している。

シルフォンスは時々見かける私に興味を示しているようだが、自分の姉だと認識しているのかどうかは不明だ。

あれ以来、私はエミリーや殿下たちの誘いも断り、部屋に引きこもることが多くなっている。ただ、会わないかわりに手紙のやり取りをしていて、お互いの近況は知らせ合っていた。レヴィ殿下のことは兄からもよく話を聞いている。

そんな生活を送っていると、気付けば十二歳になっていた。そして、とうとう学校に入学する日がやってくる。

この世界の学校は七年制で、通うのは貴族の子息や令嬢ばかりだ。そこで魔法の扱い方を学びながら、将来に役立つ人脈を築いたり、婚約者探しをしたりするのだ。

学校は王都の外れにあり、邸(やしき)から馬車で一時間ほどかかる。山々に囲まれており、とても静かなところだ。

この私が集団生活なんてやっていけるのだろうかと心配だし、不安で仕方がない。でも、小説のクローディアと違って私は一人じゃない。同学年にはエミリーやエドガー殿下という友達がいるし、先輩となる兄やレヴィ殿下とも良好な関係を築けている。だから、上手くいけば新しい友達ができるかもしれない。そんな期待もあった。

立ち止まっていても何も始まらない。私は一人じゃないから大丈夫だと自分に言い聞かせて、新しい一歩を踏み出すことにした。

入学式の日、私とエドガー殿下とエミリーは一緒に教室へ入った。

すると、楽しそうに談笑していた生徒たちが、ピタリとおしゃべりをやめてこちらを見る。私は気にしていないフリをして、堂々と自分の席に向かった。

ちょっと悪役っぽいかしら?

席は一番うしろで、すぐ前がエミリー、斜め前が殿下だった。あらかじめ決められていた席ではあるけれど、この二人が近くてよかった。

エドガー殿下は席に座った途端、男女問わずクラスメイトたちから声をかけられた。

「殿下、初めまして」

真っ先に話しかけたのは、金髪に金色の目をした背の低い少年だった。エミリーによると、彼は教皇の息子らしい。

レイシアという国は、ミスト教を国教としている。教会のトップが教皇で、その地位は世襲制だ。そのため、聖職者の中で教皇のみが妻帯を許される。

位は王族の次に高いが、教皇は政治に介入することができないので、実質的な二番手はレイツィア公爵家となる。うちの家系は過去に何度か王家と縁組したことがあるからだ。だが、表向きは教皇の地位のほうが高いため、私が彼を蔑ろにしてはいけない。

今の教皇はとても穏やかな性格で、信頼に足る人物だと聞いたことがある。国民に親しまれ、貴族の中にも悩み相談をしに行く人がいるのだとか。

しかし残念ながら、その素質は息子に受け継がれなかったようだ。見るからにエドガー殿下に取り入る気満々で、それが分かっているせいか殿下は不機嫌顔で無視していた。

殿下が黙っているのをいいことに、別の男子生徒が割り込んでいく。

「お久しぶりです、エドガー殿下」

満面の笑みを浮かべて迫る彼に、エドガー殿下の顔はますます不機嫌そうになる。

「殿下と同じ学び舎(や)で学べるなんて光栄です。父も、くれぐれもよろしくと申しておりました」

殿下の機嫌の悪さにも気付かないこの男子生徒は、宰相の息子グレイソン・アルファーだ。

確か、小説ではヒロインの相談役だっただろうか。エミリーのような芯の強さはないが、彼もクローディアに虐(いじ)められたヒロインをはげます役割だったはず。

小説で描かれていた通り、赤みがかった茶髪に青い目をしていて、平凡な印象を受ける人だ。

彼はエドガー殿下にさらに話しかけようとするものの、女子生徒たちにあっさり押しのけられていた。

「殿下、私たちからもご挨拶(あいさつ)させてくださいませ!」

彼女たちはなんとか殿下に気に入られようと努力したのだろう。誰も彼も化粧(けしょう)を厚く塗りたくっている。だが、あどけない顔に似合っておらず、非常に違和感があった。香水もふんだんにつけているらしく、においが混ざり合って気持ち悪い。

殿下の顔が嫌そうに歪(ゆが)んだ。だが、媚(こ)びを売るのに必死な令嬢たちは、自分たちの努力が空(から)まわりしていることに気付かない。

その様子を、私とエミリーは他人事のように見ていた。

「殿下も大変ね」

エミリーが同情するようにつぶやく。

助けてあげたいのは山々だが、私たちにはどうすることもできない。

早々に諦(あきら)めていると、ある男子生徒が殿下を取り囲む女子生徒たちに近付いていった。

「お嬢様方、その辺で殿下を解放してさしあげてはいかがかな?」

ゆったりとした声に、令嬢たちと殿下が目をやる。そこには、金髪に青い目をした、なかなかのイケメンが立っていた。

爽(さわ)やかな笑みを向けられて、女子生徒たちはぽーっと見惚(みと)れている。

「学校生活は始まったばかり。そのように焦って自己紹介したところで、殿下も覚えられないよ。これからゆっくりとお互いを知って、よき友人になればいいのではないかな?」

イケメンにそう指摘されて、殿下を囲んでいた女子生徒たちも、今の状況があまり好ましいものではないと気付いたようだ。

「そ、そうですわね」

「殿下、申し訳ありません」

口々に謝罪すると、彼女たちはそそくさと散っていった。

人だかりが消えたところで、殿下がイケメンに話しかける。

「お前は誰だ？」

するとイケメンは洗練された動きで殿下に礼をした。

「申し遅れました。ロナルド・ウィンドーと申します。以後お見知りおきを」

「ウィンドー侯爵家の子息か。ロナルド、おかげで助かった。礼を言う」

「いえ、お役に立てたのなら光栄です」

ロナルドはそれだけ言って、自分の席へ戻っていく。

なかなか印象のよい男子生徒だったが、私は妙な胸騒ぎを覚える。けれど、その原因をつきとめる前に担任の先生が入ってきて、私は思考を中断せざるをえなかった。

入学式の次の日。私が教室に入ると、クラスメイトの楽しそうなおしゃべりがやみ、ヒソヒソ声が聞こえてくる。

すぐに受け入れてもらえるわけがないのは分かるが、いい気はしない。

エミリーもエドガー殿下もまだ来ていないようで、私が席に着いても話しかけてくる者はいなかった。

しばらくすると、教室がざわめいた。エドガー殿下が来たのだ。

「おはようございます、殿下」

殿下に取り入ろうと、みんながこぞって挨拶する。だがエドガー殿下は鬱陶しそうにするだけで、一言も返さない。

自分の席に荷物を置くと、彼は私の前に立った。

「よう、クローディア。エミリーはまだか？」

「おはようございます、殿下。もうすぐ来ると思いますよ」

「そうか」

挨拶すら返してくれない殿下が、私にだけは自分から話しかけている。そんな状況が、周囲の生徒たちにとって面白いわけがない。

案の定、ある令嬢が金切り声を上げた。

「殿下っ！　なぜその女にだけ構うのですか！」

声を上げた彼女は金髪碧眼で、アニメなどに登場する典型的なお嬢様という感じの巻き毛だ。その目は、我の強さを表すように鋭かった。

周りの生徒たちは彼女のことを遠巻きに見ているが、うんうんと頷いている者もいる。

エドガー殿下は令嬢のほうを嫌そうに振り返った。

「お前、誰だよ」

声を上げた彼女は、名前すら覚えられていないことにショックを受けたのか、顔を赤くしてプルプルと震えている。

「ゴードン侯爵令嬢ですよ、殿下」

彼女の代わりに殿下の質問に答えたのは、昨日のイケメン……ロナルドだった。

「へえ……ゴードン侯爵家では、自分より身分が高い令嬢を『その女』呼ばわりしてもいいと教育されているのか？」

エドガー殿下がギロリと彼女を睨(にら)みつける。

「そ、そんなことは……」

確かに、彼女の態度は褒められたものではない。それ以前に、ほぼ初対面に等しい相手をその女呼ばわりするなんて、人としてどうなのか。

「他の奴らもよく聞け。人と違う見た目や属性を持っているからといって、貶(おとし)めていい理由にはならない。これ以上、俺の友人に無礼な態度を取るな」

エドガー殿下が強い口調で命じた。

「俺がどういう人間かも知らないくせに、肩書きにつられてすり寄ってくるのも正直うざい。これからもそういう態度を取り続けるなら、俺も対応を考えるぞ」

そう言われて、周りの生徒たちはやっと失態に気付いたようだ。先ほどまでの騒ぎが嘘のように、教室は静まり返る。

そうこうしているうちに先生が入ってきて、最初の授業が始まった。まずは、私たちの属性を調べるらしい。

属性は家系によってだいたい決まるが、稀に親と違う属性や、複数の属性を持っていることもある。たとえば私は、レイツィア公爵家が代々受け継ぐ風の属性を持っていないし、レヴィ殿下は火と水の二つの属性を持っている。

レイシアの貴族の子供たちは、学校に入る前に家庭教師に属性を調べてもらっていることが多い。それだけでなく、基本的な魔法であれば、すでに使える子供もいるのだ。けれど学校側としては、生徒の属性をきちんと把握しておきたいらしく、初めに一斉に検査が行われる。

その方法は簡単。先生の前に置かれた水晶玉に触れるだけだ。

クラスメイトたちが一人ずつ水晶玉に手を置いていく。するとその度に水晶玉は赤や黄色、水色や緑などに色を変える。それを見て、先生がなんの属性か判定した。

検査の結果、エミリーは水、エドガー殿下は火の属性を持っていると判定された。

私は明らかに闇属性だけど、皆同様、もちろん検査が必要である。家庭教師役のジョルダンにも調べてもらわなかったから、なおさらだ。

魔法というのは案外扱いが難しく、何かの拍子に暴走することがある。というのも、魔法の力の源である精霊は、気に入った人間の感情に敏感に反応するのだ。そして、その人間の感情と同調して、魔法を暴走させることがあるらしい。

彼らは特に自分と同じ属性の人間を好む。そのため、念には念を入れて隠れた属性がないか調べておく必要がある。

私が水晶玉の前に立つと、自然とみんなの注目を浴びる。そうして触れた直後、水晶玉は闇の属性の色――黒に染まった。

先生の顔は恐怖で引きつり、生徒の口からは小さな悲鳴が漏れる。

検査の結果、私の属性は闇だけだった。

それから一週間後。クラスメイトと親睦（しんぼく）を深め、精霊たちと触れ合うための、校外学習が行（おこな）われることになった。

精霊の属性は、自然を構成する光・闇・火・水・風・地の六つだ。そのため、精霊は自然豊かな場所に多くいると言われている。ただ、加護を与えられた者しか彼らの姿を見ることも、声を聞くこともできないので、その実態は謎が多い。

だから新入生は、まず校外学習と称して森に出かけ、自然と触れ合う。森の中を歩いてそこに住まう精霊たちの気配を感じることから始めるのだ。

森の中に連れてこられた私たちは、班ごとに分かれて課題をこなす、いわゆるオリエンテーリングをすることになった。

前世では友達がいなかったせいで、こういう学校行事は苦痛でしかなかった。けれど今は純粋に楽しみだ。

班のメンバーは、あらかじめ決められている。私の班はエミリー、リリー・マインド侯爵令嬢、宰相の息子であるグレイソン、そしてロナルドの五人で構成された。

マインド侯爵令嬢はグレイソンの婚約者で、ピンクブラウンの髪と青い瞳をした、素朴で可愛らしい女の子だ。

班に分かれて早々、ロナルドが人当たりのいい笑みを浮かべて私に話しかけてくる。

「レイツィア公爵令嬢、今日はよろしくお願いします」

「……よろしくお願いしますわ」

彼はいつもニコニコ笑っていて、誰とでも分け隔てなく接する。エドガー殿下とも時々話しているし、私にもこうやって気軽に話しかけてくるのだ。

反対に、グレイソンは侮蔑のこもった眼差しで私を睨みつけた。

「最悪だ。よりにもよって闇の精霊王の加護持ちと同じ班だなんて。こんな危険人物なんかと一緒に行動できるかっ」

この言葉だけで、彼が私のことをどう思っているのかよく分かる。

グレイソンは大人しそうな見た目に反して、私に臆することなくはっきり拒絶した。

「グレイソン、やめなさい」

婚約者であるマインド侯爵令嬢はグレイソンのことを窘めたが、私を見る目には明らかに恐怖の色が浮かんでいる。声も心なしか震えている気がした。

よくある反応だ。そう思っていたら、エミリーが今にも殴りかかりそうな様子でグレイソンとマインド侯爵令嬢を見ていた。

「嫌なら帰ってくださってもいいんですのよ。私は別に、あなたたちと一緒に校外学習がしたいわけじゃありませんから」

エミリーの棘のある言葉に、グレイソンがムッとする。

「なんだと?」

「グレイソン、やめなさいってば」

すかさずマインド侯爵令嬢が彼を押しとどめ、なだめるように言った。

ロナルドも、険悪な空気を和ませるように明るい声を出す。

「まあまあ、そのへんにしませんか。せっかくの校外学習なんですから、楽しみましょう」

それから彼は、「大丈夫ですか？」とさり気なく私に耳打ちした。

「ありがとうございます。私は平気ですわ」

私もヒソヒソ声で答えると、ロナルドはホッとしたように笑う。

今日は彼に気苦労をかけてしまうことが多くなりそうだ。

けれど、ロナルドのおかげでこの場はなんとか収まり、とりあえず私たちはオリエンテーリングを始めることにした。

山道を歩きながらも、グレイソンはまだぶつぶつ文句を言っていた。

「どうして僕がこんな目に……」

それを聞いたエミリーは、眉をひそめてツッコミを入れる。

「聞こえていますわよ」

まだ始まったばかりの校外学習。けれど班員の間に流れる空気はすでに殺伐としており、私はひっそり溜息をついた。

「景色が綺麗ですよ。それに、とてもいい天気ですね」

そう言ってロナルドが微笑む。彼は一生懸命空気を和ませようとしてくれていた。

先生は私たちの班がこうなると分かっていて、ロナルドを加えたのかもしれない。つまり、彼は貧乏くじを引かされたのだ。……私のせいで。

私はこれ以上ロナルドに負担をかけまいと、なるべくグレイソンの気に障らないようにしながら先へ進んだ。

オリエンテーリングの課題は、ある薬草を採取して、日暮れまでにゴールにたどり着くこと。指定された薬草は班ごとに違うので、他の班の真似をすることはできない。地図だけを頼りに、班員と協力してゴールを目指すのだ。

他国の貴族の子供は、学校でこんなことはしないだろう。私たちがこういう授業を受けるのは、レイシアが精霊と密接な関係を持つ国だからだ。

この世界において、精霊はレイシア国にしか存在しない。

精霊は自身の体に合った土地――レイシア以外では、本来の力を発揮できないのだ。それだけでなく、長期にわたってレイシアを離れれば、徐々に衰弱していき、最終的には消滅してしまう。

逆に他国の人間がレイシア領内に入った場合、その人も魔法を使うことができる。ただ、実際に使うには精霊から力を借りるための訓練が必要だ。それを教える学校があるレイシアと違って、他国ではその機会を得にくい。だから、レイシア国民以外で魔法を使える人はほとんどいなかった。

そうした事情から、精霊の力を使える私たちは、この世界ではかなり特殊な存在なのだ。中でも、貴族はその力を使って国を導く立場にあるので、教育に力が入れられている。

だから、このお遊びのようなオリエンテーリングにも、とても重要な意味があるのだ。

私たちはまず、指定された薬草が生えていそうな川べりに向かって歩く。

「まだ着かないのか？」

歩き始めて三十分足らず。最後尾を歩いているグレイソンから文句が出た。

先頭を歩くエミリーが、地図から目を離して振り返る。

「そんなにすぐ着くわけがありませんわ」

イライラしているらしく、心なしか口調がきつい。彼女は再び地図に視線を戻し、どんどん先へ進んでいった。

しばらくすると、私の前を歩いていたマインド侯爵令嬢が派手に転んだ。

「きゃっ」

顔から地面につっこんだ彼女を見て、私は驚いて声をかけた。

「だ、大丈夫ですか？」

助け起こそうと反射的に手を伸ばす。

めた。

「は、はい。あ……いえ、大丈夫……です」

彼女は差し出された手が私のものであることに気付き、伸ばしかけていた手を引っ込めた。

そこへ、グレイソンが慌てて駆け寄ってくる。

「僕の婚約者に触れるな！」

彼はきつく言い放ち、マインド侯爵令嬢を助け起こした。

ロナルドもマインド侯爵令嬢の顔を覗き込み、心配そうに声をかける。

「お怪我はありませんか？」

「ありがとうございます。大丈夫です」

ロナルドの言葉に答えながら、マインド侯爵令嬢は私から目を逸らす。罪悪感のせいか、恐怖心のせいか、こちらを見ようともしなかった。

ロナルドはその様子を見て苦笑し、今度は私のほうを向く。

「レイツィア公爵令嬢も、大丈夫ですか？」

「ええ、大丈夫ですわ。ありがとうございます」

お礼を言って、私は再び歩き出した。

それから数分後。「きゃっ」という悲鳴が聞こえて振り返ると、マインド侯爵令嬢がまた転んでいた。

「もう、またあなたですの。一体、何回転んだら気がすむんです?」

エミリーは呆れたように溜息をついて言った。

「ご、ごめんなさい」

マインド侯爵令嬢は身を縮こまらせて謝る。

「仕方がないだろう。リリーは侯爵令嬢なんだ。こんな道、歩き慣れていなくて当然だ」

マインド侯爵令嬢を庇うように、グレイソンがエミリーと彼女の間に立つ。

「ここにいる全員が高位の貴族ですのよ。彼女だけが特別ではありませんわ」

グレイソンの言い分は、エミリーの神経を逆撫でしたらしい。

「あ、あのごめんなさい。私が悪いのですわ。グレイソンも、私は大丈夫だから怒らないで」

マインド侯爵令嬢は申し訳なさそうにうつむく。

「エミリー、マインド侯爵令嬢が転ばないよう、少しゆっくり進みましょう。せっかくの校外学習なんだから、みんなで楽しまなくては損だわ」

私は今日のことを、遠足みたいだと思って楽しみにしていた。それなのに、こんな殺伐とした空気のままでいるのは嫌だ。

私の思いが伝わったのか、エミリーは心を落ち着かせるように、息を大きく吸って口を開いた。

「……そうね。せっかくですから楽しみましょう」

エミリーの言葉に、私は笑顔で頷（うなず）いた。

それからは、グレイソンがマインド侯爵令嬢の腕を掴んで、転ばないように支えることになった。

私たちの間に流れる険悪な空気は変わらないけれど、ロナルドとエミリーが気を遣ってくれているので、揉め事にならずにすんでいる。

「エミリー、あとどれくらいかかりそう?」

正確な距離は分からないけれど、そろそろゴールが近いと思う。

「このまま行けば、三十分ほどでゴールに着くと思うわ」

先頭を行くエミリーがそう言うと、グレイソンはうんざりしたように溜息をついた。

「まだそんなに歩くのか」

そんなグレイソンに、ロナルドがにっこりと微笑みを向ける。

「たまにはこうした運動もいいと思いますよ」

「貴族のくせに、平民みたいなことを言うんだな」

随分失礼な物言いだ。けれどロナルドは気にした様子もなく答えた。

「そうですか？　でも、貴族でも運動ぐらいするべきです。騎士でなくとも剣の稽古をする人はいますし、女性も庭を散歩することはあるでしょう」

「それは嗜みのうちだ。貴族はこんな山道をわざわざ歩かない」

「そうですね。だからこそ、とてもいい経験です」

マインド侯爵令嬢は、ロナルドがいつ怒り出すかと、おろおろしながら成り行きを見守っている。けれど彼は終始笑顔でグレイソンの相手をしていた。

そんな時、不意に奇妙な音が聞こえた。獣の咆哮のような音だ。

他のメンバーにも聞こえたのか、全員が息を潜めて耳を澄ます。

「何かいるの？」

顔を青くするマインド侯爵令嬢。彼女を安心させるように、グレイソンが口を開く。

「そんなはずないだろ。ここに獣や魔物はいない。出たなんて話も聞いたことがない」

グレイソンの言うことは正しい。この森には人間に危害を与えるような生き物はいないはずだ。だからこそ、校外学習に使われているのだ。

「ですが、妙な音がしたのは事実です。何かいると仮定して動いたほうがいいでしょう」

ロナルドの言葉に全員が頷く。

周囲を警戒しながら進んでいくと、再び獣の咆哮のような音が聞こえ、私たちは足を止めた。

「もう嫌！　こんなの怖いわ」

恐怖でパニックになったのか、マインド侯爵令嬢が来た道を走って戻り始めた。

「待て、リリー！」

彼女のあとをグレイソンが慌てて追っていく。

「ま、待ってください。ここでバラバラになっては危険です」

ロナルドが引きとめようとするが、彼の声も耳に入っていないのか、二人はあっという間に走り去ってしまう。

「ちょっと、待ちなさいよ！」

同じくあとを追おうとしたエミリーの肩を、私はとっさに掴んだ。

エミリーは立ち止まり、不思議そうな顔でこちらを振り返る。

「クローディア？」

この森はそれなりに広いので、道に迷いでもしたら抜け出せなくなるだろう。ここでむやみにマインド侯爵令嬢たちのあとを追うべきではない。

「エミリーはこのままゴールを目指してちょうだい」

私の言葉にエミリーは驚き、目を大きく見開く。そんな彼女に向かって私は言葉を続けた。

「近くには間違いなく何かがいるわ。この森はとても危険よ」

「なら、なおさら放っておけないじゃない」

エミリーは再びマインド侯爵令嬢のあとを追おうとする。私はそれを押しとどめるように、彼女の肩を掴む手に力を込めた。

「だからこそ、エミリーは先に行ってこのことを先生に報告して。マインド侯爵令嬢たちのことは、私が追いかけるから」

エミリーに、もしものことがあってはいけない。

それに私には、闇の精霊王の力がある。万が一道に迷っても、影移動を使って森を脱出できる。

「私にはジェラルドがついているし、不測の事態が起きても対処が可能よ」

「でも……」

エミリーは不安そうな顔をして躊躇（ためら）う。

「私もレイツィア公爵令嬢と一緒に行きましょう。魔法の腕には多少自信があるので、足手まといにはなりません」

ロナルドがそう言うと、エミリーは少しほっとしたようだった。私は一人でも問題ないのだが、男であるロナルドがついているほうが、彼女は安心するのだろう。

「……分かったわ。すぐに先生たちを連れてくる」

「ええ、お願いするわ」

話が一段落ついたところで、私はすぐにマインド侯爵令嬢たちを追いかけた。

『あんな勝手な女など放っておけばいいものを』

ジェラルドが念話で話しかけてくる。それに対し、私も念話を使って答えた。

『そういうわけにもいかないわよ。クラスメイトだし。もし何かあったら寝覚めが悪いわ』

『お人好しだな。俺はあいつが野垂れ死のうが、知ったことではないが』

『あなたならそうでしょうね』

精霊は、自分が加護を与えた人間以外に興味がない。目の前で人が死んだとしても、それが自分と契約した者でなければなんとも思わないのだ。

その一方で、契約した人間への思い入れは異常なほど強い。誰かが危害を加えようとすれば、どんな手を使っても阻止しようとするだろう。

中でも特に強い力を持つ精霊王を怒らせたら、どうなるか分からない。だから精霊王は、ある意味とても怖い存在なのだ。

私とロナルドはマインド侯爵令嬢とグレイソンを追って、来た道をひた走る。

しばらくして、私はマインド侯爵令嬢たちを見つけた。

「いたっ！」

見つけることはできたものの、無事とは言いがたい状況だった。

何が起きたのか、マインド侯爵令嬢は崖(がけ)から落ちかけている。彼女はグレイソンの手に掴まり、宙ぶらりんになっていた。

グレイソンのほうも、苦しそうに顔を歪(ゆが)めている。いくら相手が華奢(きゃしゃ)な女の子とはいえ、体重を片腕一本で支えるのは難しい。未成熟な子供の腕ならなおさらだ。

「マズいな、間に合わない」

そう言いながらも、ロナルドは全速力で彼らのほうに走っていく。私も急いでそのあとを追った。

だが、次の瞬間——マインド侯爵令嬢の手が、グレイソンの手から滑(すべ)り落ちた。

「マインド侯爵令嬢！」

ロナルドが叫び声を上げる。

マインド侯爵令嬢の顔が恐怖に引きつり、絶望に染まった。

「ジェラルド！」

『ちっ、面倒な』

そう言いながらも、ジェラルドは私の意を汲んで魔法を使ってくれる。影が伸びてリリーの体を包み込み、崖の上まで引き上げた。

私はほっと息をつく。

「ありがとう、ジェラルド」

『他ならぬ、お前の頼みだからな』

マインド侯爵令嬢を包み込んでいた影が消え、彼女はその場にへたり込んだ。勝手に走り出した時の勢いは消え失せており、ただ体を小刻みに震わせている。

私は彼女に近付き、そっと声をかけた。

「大丈夫ですか？」

マインド侯爵令嬢はゆっくりと顔を上げ、私を見つめる。その目から大粒の涙が次々と溢れ出した。

そっと抱きしめると、彼女は私の胸に顔をうずめてわんわん泣く。よほど怖かったのだろう。まあ、私が来なかったら死んでいたのだから当然だ。

大泣きするマインド侯爵令嬢の肩に、グレイソンが着ていた上着をかけた。

二人が無事でよかったと、心から思った。

やがて泣きやんだマインド侯爵令嬢は私をまっすぐに見て口を開く。

「あ、あの、レイツィア公爵令嬢。助けてくれてありがとうございます」

彼女は姿勢を正して礼を言い、それからロナルドにも頭を下げた。

「ロナルド様も、ありがとうございます」

「いえ、私はついてきただけで、何もしていませんから」

苦笑する彼に、グレイソンも頭を下げる。

「リリーを助けてくれてありがとう。……レイツィア公爵令嬢も、礼を言わせてくれ」

さっきまでの険悪なムードが嘘のように、落ち着いた空気が流れる。

「人として当然のことをしたまでですわ。エミリーに、先生を呼んでくるようにと頼んでいます。今頃こちらに向かってきているはずです。少し休んでから、合流できるように先へ進みましょう」

「分かりました」

マインド侯爵令嬢はグレイソンの腕に抱かれながら頷いた。

少し休んだあと、私たちは慎重にゴールへの道を進んでいく。

そうしてマインド侯爵令嬢が引き返した地点まで戻ってきた、その時――

茂みから大きな魔物が急に飛び出してきた。

「きゃあっ」

「なんで魔物がこんなところに⁉」

マインド侯爵令嬢は青ざめ、グレイソンは驚いて固まる。

現れた魔物は、体長が二メートルはあるだろうか。ヤギのような姿で、頭には三本の角（つの）が生（は）えている。

魔物も私たちに気付いたようで、様子をうかがうようにこちらをじっと見ている。

「これは、まいりましたね」

ロナルドは顔を引きつらせ、けれど声だけは落ち着いて感想を述べた。

「冷静に言っている場合ではないですよ、ロナルド様」

私は嫌な汗をかきながら、この場にいる全員を無事に逃がすことだけを考えた。

魔物は私たちを攻撃することにしたらしく、体の正面をこちらに向ける。それだけで、全員が恐怖で身を縮めた。

「……や、いやぁ」

マインド侯爵令嬢は泣き出し、グレイソンの胸に縋（すが）る。

「どうしてだっ⁉　この森に魔物はいないはずじゃないのかっ⁉」

グレイソンはマインド侯爵令嬢を抱きしめながら、「どうして、どうして」と繰り返す。

「いよいよまずいですね……」

ロナルドに視線を向けると、彼の顔からもいつもの笑みが消えていて、険しい表情を浮かべていた。でも、まだ冷静さは失っていないように見える。

「グレイソン様、ロナルド様。あなたたちは、マインド侯爵令嬢を連れて木の陰に隠れてください」

さすがの私も、みんなを庇（かば）いながら戦うのは難しい。

「分かった」

グレイソンはすぐに頷（うなず）く。だが、マインド侯爵令嬢は立ち止まり、その場から動こうとしない。

「あなたはどうするんですのっ……!?」

彼女は震える声で尋ねてくる。

「ご心配なく。私にはジェラルドがついていますので」

私はマインド侯爵令嬢を安心させるように力強く言った。

「リリー。僕たちがいたら、逆に足手まといだ」

「でもっ」

「いいから早くっ！」

なおも躊躇（ためら）うマインド侯爵令嬢を、グレイソンが引きずるようにして連れていってくれた。

けれどロナルドは、なぜか私の隣にとどまる。

逃げないのかと問うような視線を向けると、彼はにこりと笑って口を開いた。

「あなたは、ただの加護持ちでしょう。闇の精霊王がどんなに強くても、あなた自身は魔法を使えないはずだ。違いますか？」

そう言われると、私は何も返せない。

実は精霊の加護持ちには、一つ弱点がある。

それは、自分自身で魔法を使うことができないということだ。

普通の人は、周囲に存在する精霊たちから少しだけ力を借りて、自分自身で魔法を使う。けれど精霊の加護持ちは、彼らを使役できるかわりに、自分自身で魔法を使うことはできないのだ。

ただ、精霊との意思疎通さえできていれば使役するのは簡単だ。それに、人が魔法を使うより精霊を使役するほうが何倍も強力な力を発揮できる。

いくら私がジェラルドとの戦闘に慣れていないといっても、闇の精霊王である彼の力をもってすれば、万が一にも魔物に負けることはないだろう。

けれどロナルドはさらに主張した。

「それに、女性を一人で戦わせるわけにはいきません。私のことならご心配なさらず。先ほども言いましたが、魔法の腕には自信があるので」

「そう。分かりました。……ジェラルド」

私が呼ぶと、彼は姿を現した。

「任せろ。お前のことは必ず守る」

そう請け合うジェラルドに、私は恐怖と緊張で強張った笑みを浮かべる。

「信じているわ」

「ああ」

その時、魔物が唸るような咆哮を上げた。

ぐわぁぁぁぁぁぁぁっ

直後、魔物は私たちに向かって突進してくる。

「捕縛して」

私がそう言うと、魔物の足元から影が這い上がり、体に絡みついて動きを封じようとする。だが、魔物はそれを力ずくで引きちぎった。

「馬鹿力ね。いいわ。切り刻んで」

魔物との距離を取りながら言えば、今度は影が鋭い刃となって襲いかかる。周囲に魔物の血が飛び散り、それに触れた植物は枯れ果てていった。

これで決着がつくかと思いきや、魔物の体から無数の触手が伸びてきた。それらは私を攻撃しようと、一斉にこちらへ向かってくる。

けれどすべての触手を、ロナルドが魔法で次々と焼いてくれる。彼が魔法を使うところは初めて見たが、どうやら火属性のようだ。

その間に、ジェラルドは魔物本体への攻撃をさらに激しくした。

魔物が再び咆哮を上げる。

今度こそ倒せたかと思ったが、そうはいかなかった。

三本の角が、飛び道具のように私に向かって放たれる。ロナルドがとっさに私を背に庇った。

――そんなことをしたら、ロナルドに当たってしまうっ！

「ジェラルド!!」

私は悲鳴に近い声で彼の名前を呼んだ。

間に合わないかもしれない。そう思って目を閉じてしまう。だが、角は何かにはじか

れたらしい。目を開けて見ると、私たちの周りを影の膜が覆っていた。

ジェラルドが守ってくれたのだ。

魔物のほうを見ると、血を流しすぎたのか、立っているのもやっとという状態だった。

ジェラルドはそんな魔物の体を影で縛ってから、散り散りになるまで引き裂いた。

それを見て安心した私に、ロナルドが声をかけてくる。

「大丈夫ですか？」

心配そうに見つめてくるロナルドに、私は笑顔で答えた。

「ええ。助かりましたわ、ありがとうございます」

「いいえ。お役に立ててよかったです」

ロナルドも、いつもの優しい笑顔を見せてくれる。

「小僧。よくクローディアを守った。褒めて遣わそう」

なぜか偉そうなジェラルドに、ロナルドは苦笑した。

グレイソンとマインド侯爵令嬢も木の陰から出てきて、私たちはお互いの無事を確認し合う。そして、先を急ぐことにした。また魔物が現れては困るし、その前に先生たちと合流したい。

そうして私たちはゴールへの道を歩き始めた。

「……腕試しのために用意したが、どうやら舐めていたようだな。これだけの力があれば、間違いなく俺の目的は達成できる」

「ロナルド様？　何かおっしゃいましたか？」

ロナルドが何かをつぶやいた気がして振り返ると、彼はいつもの笑みを浮かべて「なんでもありません」と答えた。

それから三十分後。私たちはようやく先生たちと合流することができた。

すぐに魔物と遭遇したことを報告する。

先生たちは、とても驚いていた。この校外学習を始めてから何十年も経つが、一度も魔物の目撃情報はなかったという。改めて事実確認のための調査を行ってくれるらしい。

私たちは他の生徒が休憩している場所に行って一息ついた。

エミリーと一緒にベンチに座ると、マインド侯爵令嬢が私たちに頭を下げる。

「レイツィア公爵令嬢、ルーシャン伯爵令嬢、数々のご無礼をお許しください。それと、ご迷惑をおかけして申し訳ありません」

マインド侯爵令嬢の謝罪を受け、エミリーは首を横に振った。

「いいえ。私もあなたに無礼な態度を取ってしまいました。申し訳ありません」

申し訳なさそうにうつむくマインド侯爵令嬢。その手を取り、エミリーはにっこり笑った。

「あなたが無事でよかったです」

「はい。ご心配をおかけしました」

そう言って、マインド侯爵令嬢は再び頭を下げた。それから彼女は、グレイソンたちにも礼を言う。

「グレイソン、それにロナルド様も、危ないところを助けていただき、ありがとうございます。今私がここにいられるのは、みなさんのおかげです。本当に感謝しています」

「お前が無事ならそれでいい」

グレイソンは照れているのか、顔を横に向けて素っ気(そけ)なく答えた。マインド侯爵令嬢は彼のそんな態度にも慣れているらしく、嬉しそうに「はい」と返事をする。

「ええ。何事もなくて本当によかった」

ロナルドはにっこりと笑った。

仲の悪かったクラスメイトたちが、ともに危機を乗り越えて距離を縮める。まるで前世で読んでいた青春小説のようだ。そう思うと嬉しさが増して、私の口元に自然と笑みが浮かぶ。

「本当に、みなさんがご無事でよかったですわ」

そう言うと、なぜか班のメンバーはもちろん、近くにいたクラスメイトまでもが唖然とする。そのうちの何人かは、顔を赤くして私から顔を背けた。

「……」

エミリーでさえ絶句している。

いい話で終わりそうな雰囲気だったのに、結局嫌われ者は嫌われ者のままらしい。私は少し悲しくなった。

後日、国から派遣された騎士団が、現れた魔物について調査を行った。実際に遭遇した私たちも事情聴取に協力したが、魔物がなぜあの森にいたのかは結局分からなかったそうだ。

引き続き調査は行われるが、あまりたいした結果は期待できそうにないという。

気にはなるものの、私にはどうすることもできないのだった。

第三章

校外学習での事件から二年が経ち、私は十四歳になった。

あの事件は、マインド侯爵令嬢やロナルドといい関係を築くきっかけとなり、お互いを呼び捨てし合う仲にまでなった。彼らと打ち解けたことをきっかけに、少しではあるが、偏見を捨てて私自身を見てくれる人が増えたような気がする。

グレイソンとはそこまで仲良くなれていないが、校外学習の時ほど険悪になることもない。

前世で読んだ小説《聖女は王子に溺愛される》では、ありえないことだ。とはいえ、楽観視するのはまだ早い。一番大きな問題が残っているからだ。

小説でクローディアとヒロインが出会うのは十四歳の時。つまり、私の運命が本格的にバッドエンドへと向かい始めるのは、これからということになる。

ヒロインが登場したら、私はどうなるのだろう。そんな不安を抱えながら、重い足取りで教室に入った。

私の姿を見て、マインド侯爵令嬢——改めリリーが話しかけてくる。

「クローディア、知っていまして？　光の精霊王の加護を受けた者がいるんですって」

リリーの話を聞いて、私は一瞬顔を引きつらせた。だが、すぐに笑みを浮かべて誤魔化す。

「まあ、そうなんですの？」

「闇と光の精霊王の加護を受けた者が同じ時代に存在するなんて、建国以来なかったことですわ」

普通、属性は親から子へと受け継がれるが、闇と光だけは例外だ。闇と光の属性を持つ者自体も珍しい。精霊王の加護を受けた者ともなれば、ほとんど伝説みたいな存在だ。

その話でざわざわしている教室に、先生が見慣れない女子生徒を連れて入ってきた。

先生に続いて壇上に立った彼女は、にこりと笑う。

「初めまして、アメリア・ローガンですわ」

光の精霊王の加護を受けた者——ヒロインの登場だ。

アメリア・ローガン男爵令嬢。私の運命に大きく関わる人物である。

金色の髪に青い瞳。小柄で童顔なせいか、年齢よりも幼い印象を受ける。小説に描かれていた通りの容姿だ。

愛嬌はあるが、隅々まで手入れの行き届いた貴族令嬢たちと比べると、平凡な少女に見える。

彼女はクラスメイト一人ひとりの顔を確認するようにゆっくりと教室内を見まわし、にっこりと微笑んだ。

そんなアメリアを見て、生徒たちはさらにざわつく。

「ローガン？　ローガン男爵家の？」

「あの家に令嬢はいなかったような……」

「庶子だと聞いたぞ。最近まで下町で暮らしていたそうだ」

そんな声が聞こえてきた。

アメリアの身の上や登場のタイミングは、小説の通りだ。彼女はこれからエドガー殿下と仲を深めていき、結婚するのだろうか。

そこでふと、ある考えが浮かんだ。

私が王族と結婚すれば、バッドエンドを回避できるんじゃ……？

けれどすぐにその考えを打ち消す。エドガー殿下やレヴィ殿下に望まない結婚をさせてまで、バッドエンドを回避しようとは思わない。

両殿下のことは友人として大切に思っているので、できれば彼らとの結婚以外の方法を探りたい。

そんなことを考えていると、急に声をかけられた。

「あなたがクローディア・レイツィア？」

いつの間にか、アメリアが腕組みをして私の目の前に立っていた。彼女は私を品定めするように上から見下ろしている。

エドガー殿下やエミリーが眉をひそめる。アメリアの発言は、公爵令嬢の私に対してあまりに無礼なものだったからだ。レイツィア公爵家を侮辱していると取られてもおかしくはない。

小説でもこんな出会い方をしていただろうか？　いや、そんなことよりヒロインがこんなに高飛車では、読者の共感を得られず人気も出ないに違いない。

「ねえ、聞いているの？」

アメリアが眉間に皺を寄せて顔を覗き込んでくる。

小説の内容を思い出そうとしていた私は、うわの空になっていたらしい。

「え、ええ、聞いていますわ、ローガン男爵令嬢。失礼ながら、あなたとは初対面だと思うのですが……」

「ええ、そうよ。……あなた、本当に髪も目も肌も黒いのね。前世の小説に書かれていた通りだわ」

今、『前世』と言った……？

教室を見回すと、クラスメイトたちは意味が分からないというふうに首を傾げている。まさかとは思うが、彼女も転生者で、例の小説を読んでいたのだろうか。もしそうだとしても、彼女の様子からして、転生者同士で仲良くしましょうと言いに来たわけではなさそうだ。

アメリアは馬鹿にするみたいに、ふんっと鼻を鳴らした。

それを見たエミリーが、彼女をキッと睨む。

「あなた、随分失礼じゃなくて？」

エミリーの言動に、アメリアは驚いていた。

「……どうしてエミリーがクローディアの味方をするの？　あなたは私の親友でしょう？」

アメリアは、初めて会うはずの彼女を親友だと言っている。やはりアメリアは転生者で、例の小説を読んでいたのだろうか。

気安い口調で話しかけられた上に、呼び捨てにされて、エミリーは怪訝そうな顔をした。

「私たちは初対面のはずですわよね？」

エミリーは遠まわしに『馴れ馴れしくするな』と告げる。けれどアメリアはまったく気にした様子もなく、満面の笑みを浮かべた。

「ええ、初対面よ」

私は闇の精霊王の加護持ちだから下に見られても仕方がないとして、エミリーは非の打ちどころのない伯爵令嬢だ。男爵令嬢であるアメリアが彼女を呼び捨てにするなんて、許されることではない。

学校は社交界に比べて身分にうるさくないが、それでも彼女の行いに眉をひそめない人間はいないだろう。

アメリアを見つめるクラスメイトの目は冷ややかだ。これではまずいと思ったのか、リリーがそっと注意する。

「あなた、えっと、ローガン男爵令嬢でしたかしら？　私はリリー。マインド侯爵家の娘よ。クラスメイトとして言わせてもらうけれど、あなたは態度を改めたほうがいいわ。自分より高位の貴族にそのような態度を取るなんて、罰せられても文句は言えないわよ」

とても親切な忠告だ。けれどアメリアはそれを一蹴した。

「モブにとやかく言われたくないわ」

「モブ？　何をおっしゃっているの？」

この世界にはない言葉が飛び出す。モブはモブキャラの略、つまり主要キャラではないその他大勢という意味だ。

言葉の意味は分からなくても、よくないことを言われているのは分かったのだろう。

リリーは困惑し、眉間に皺を寄せた。

ピリピリした空気が教室に満ちる。その時、エドガー殿下が唸るように声を上げた。

「るっせぇな」

教室中の生徒の注目が彼に集まる。

「お前、うるさいぞ。黙れ」

エドガー殿下はアメリアに向かって低い声で言った。怒られたというのに、アメリアはなぜか嬉しそうにしている。

「はーい。ゴメンなさい。エドガー殿下」

にっこりと笑って、アメリアは自分の席に戻っていった。

そういえば、小説のエドガー殿下とアメリアの出会いは、殿下の『お前、うるさいぞ。黙れ』というセリフから始まった気がする。その点は、きっちり小説の筋書き通りというわけか。

今まで小説ではありえなかったことがたくさん起こった。だから、もしかしたら小説のクローディアとは違う人生を歩めるのかもしれないと期待していたのだが、そう簡単にはいかないらしい。

私は今まで以上に気を引き締めようと決意したのだった。

その日のお昼休み。私はエドガー殿下やエミリーたちと一緒に食事をしていた。リリー、ロナルドもいて、いつものメンバーが勢揃いといったところだ。

そこに、レヴィ殿下と兄のリアムがやってきた。

レヴィ殿下を目にしたリリーは、すぐに姿勢を正す。やや緊張しているようだった。

そんなことには構わず、レヴィ殿下は私に話しかけてくる。

「やあ、クローディア。隣に座っても?」

「ごきげんよう、レヴィ殿下。どうぞおかけください」

レヴィ殿下はにこりと笑って私の隣に腰を下ろし、その隣に兄が座る。

そして殿下はいきなり本題を切り出した。

「光の精霊王の加護持ちが転入してきただろ。どうだった?」

「……」

私が言葉に詰まると、レヴィ殿下と兄は説明を求めるように他のメンバーを見た。

「何？　俺、なんかマズいこと聞いた？」

その問いに、エドガー殿下が答える。

「いえ、兄上。ただ、転入生には問題がありすぎるので、なんと答えていいものか悩むのです」

「そうか……。光の精霊王の加護持ちと、闇の精霊王の加護持ちであるクローディアが仲良くなれたら、クローディアに対する忌避感が和らぐんじゃないかと思っていたんだけど……難しそう？」

レヴィ殿下が私に向かって問いかけた。

「……努力はしてみます」

努力はするが、期待するなという意味を込めて答える。

そんな私たちの反応がよっぽど意外だったのか、レヴィ殿下と兄は顔を見合わせた。


アメリアが転入してきてから一ヶ月が経った。季節は初夏になり、日差しが日に日にきつくなっていく。貴族令嬢たちは、雪のように白い肌を焼かないため、日焼け対策に一生懸命になっていた。私はもともと肌が黒いから、その点は楽でいい。

新緑に囲まれ、爽やかな風が吹く頃になると、アメリアはみんなから敬遠されるようになっていた。最初の印象が悪かったせいか、ほとんどの生徒が積極的に彼女に近付こうとはしない。

アメリアも女友達を作るつもりはないのか、女子生徒には自分から関わり合おうとしなかった。男子生徒には色目を使っているが、相手は高位貴族に限っているらしく、下位貴族の子息には見向きもしないそうだ。

そんなこんなで、アメリアの周りには現在三人の取り巻きがいる。宰相の息子であるグレイソンと教皇の息子、それに侯爵家の嫡男だ。

高位貴族である彼らには、すでに婚約者がいる。ご存じの通り、グレイソンは私の友人であるリリーと婚約していた。それにもかかわらず、彼らは人目も憚らずにアメリアとイチャイチャしている。

取り巻きたち曰く、アメリアとは良い友人だそうだ。けれど、ただの友人にしては密着しすぎだと思うのは、私だけではないだろう。

ただグレイソンだけは、リリーに対するうしろめたさがあるのか、なんとなく申し訳なさそうにしている。どちらかというと、アメリアからグレイソンにベタベタしにいっているような感じもした。

そんな彼らとアメリアを、私は遠巻きに見ている。レヴィ殿下に『アメリアと仲良くなれるよう努力する』とは言ったものの、彼女と積極的に交流しようとはしなかった。
自分の運命に関わる人間だし、何より絶対に性格が合わないと思ったからだ。触らぬ神に祟りなし。そう思って、なるべく揉め事を起こさないよう注意していたのだが……

「ねぇ、いい加減にしてくださらない？」

「何人もの男に色目を使うなんて」

「節操がなさすぎますわ」

私が図書室で本を探していると、そんな声が聞こえてきた。甲高い女性の声が三人分。そのうちの一つはリリーの声だとすぐに分かった。

一体何事だろうと思い、本棚の陰からそっと顔を覗かせてみる。そこではリリーを含めた三人の令嬢がアメリアと対峙していた。明らかに修羅場だ。

だが、三人の令嬢に詰め寄られているというのに、アメリアは飄々としている。

「なんのことですか？　私はみんなとお友達になろうとしているだけですわ。みんなも私のことをお友達だと言ってくれています」

まったく悪びれないアメリアに、令嬢の一人が目を吊り上げて噛みつく。

「よくもそんな言い訳ができますわね。『親密すぎる』と噂になるような関係は、友達とは言えませんわ」

それにもアメリアは飄々と応じた。

「そのような噂を真に受けていらっしゃるなんて、案外低俗ですのね」

「なんですって！」

カッとなった令嬢は、掴みかからんばかりの勢いで近付く。

野次馬も集まってきているし、これ以上はまずいだろう。私は仕方なく止めに入った。

「おやめなさい」

私の姿を見た野次馬たちの中には、ぎょっとして去っていく者もいる。

『このお人好しが』

ジェラルドの声が聞こえたが、私は別に誰かのためにやっているわけではない。ただ、この先の展開が見えてしまうから口を出しただけだ。

たとえアメリアに非があっても、男爵令嬢である彼女を、高位貴族の令嬢が複数人で取り囲んでは、ただのイジメにしか見えない。

そして小説のストーリーから考えるに、彼女を虐めた人間の末路は国外追放である可能性が高い。

それを知りながら放置して、リリーたちが国外追放なんてことになったら、寝覚めが悪すぎる。

ここで私がアメリアに敵対すれば、バッドエンドに一歩近付いてしまうかもしれないが、致し方ない。誰かが犠牲になるよりましだ。

そう思って、まずは怒りで顔を赤くしている令嬢たちに話しかけた。

「あなたたちの怒りは分かりますが、このあたりでおやめになってはいかが？」

私がそう言うと、リリーは少し冷静になったのか、声を潜めて言った。

「クローディア……だけど……」

まだアメリアに対する怒りは消えていないようだ。それもそうだろう。婚約者に近付く女なんて、許せるはずがない。

私はリリーたちに、分かっていると言うように微笑みかけた。

すると彼女たちは、お互いの顔を見合わせてから、一歩うしろに下がる。それを見て、私はアメリアの前に立った。

アメリアは喜々として私を見上げる。まるで私に虐められることを望んでいるかのようだ。

この態度から、彼女が前世で例の小説を読んでいると確信した。

「ローガン男爵令嬢、彼女たちの言い分は一理ありますわ。あなたとお友達の三人が恋愛関係にあると噂している者も確かにいますのよ」

「そんなぁ～、あんまりですぅ。ひどい言いがかりだわぁ」

アメリアは両手で顔を覆い、泣き真似をした。くすんと鼻をすするような音を立てているが、嘘泣きなのは明らかだ。

あまりの態度の変わりように、リリーたちはぽかんと口を開けている。貴族令嬢としてあまり褒められたリアクションではないが、仕方がないだろう。私も同じような反応をしてしまいそうなのだから。

「勘違いしないでください。あなたは私に虐められている、かわいそうな被害者ではありません。彼女たちの大切な婚約者に近付く虫……こほんっ、失礼、加害者ですわ」

思わず『虫』と言ってしまったら、アメリアは一瞬したり顔をした。

「ひどいっ。私はみんなと仲良くなりたいだけなのに、ひどいわっ」

アメリアは、「うわーん」と言いながら走り去っていく。やはり、涙は出ていなかった。

演技、下手だなあ。

そんなふうに思っていると、呆気にとられていた令嬢の一人が口を開いた。

「あ、あの、レイツィア公爵令嬢……」

私は彼女たちのほうを見て言う。

「婚約者があんな女に靡いてしまって腹が立つのも分かりますわ。けれど、彼女にはあまり関わらないほうがいいでしょう。光の精霊王の加護持ちに危害を加えたなどと言われれば、あなた方の立場が悪くなります。それに、万が一光の精霊王の怒りを買ったら、無事でいられる保証はありませんわ」

それだけ言って、私も図書室から出た。


翌日には、私が自分の取り巻きとともにアメリアを虐めたという噂が立った。その取り巻きというのは、昨日図書室にいた三人の令嬢だそうだ。

こうやって無実の罪を着せられて、国外追放になるのかもしれない。私は自分の未来を思って気が重くなっていた。

けれど、図書室にいた令嬢たちが積極的に噂を否定してくれている。そう思うと敵ばかりというわけではなかった。

それに、アメリアの性格を知っている人間のほとんどは、噂を信じていない。

ただ、少し居心地が悪くなったのも事実だった。


アメリアと衝突してから一週間。廊下を歩いていると、彼女の取り巻きに出くわした。

宰相の息子であるグレイソンと教皇の息子、そして侯爵家の子息の三人だ。

グレイソンは私に気付いた瞬間、気まずそうに目を逸らす。

他の二人は私の姿を目にとめると、声をかけてきた。

「おい、お前」

そう言ったのは、教皇の息子だ。入学したての時はそこまでもなかったのに、今はすっかり偉そうな態度になっている。

人をいきなり『お前』呼ばわりするなんて無礼だ。そんな輩は無視してしまおう。

私は彼らの横を素通りしようとした。

すると彼は、壁に手をついて私の進路を塞ぐ。

「レイツィア公爵家の人間は、呼びかけられたら無視をするよう教育されているのか？さすがは名門公爵家だな」

なんてベタな展開なんだろう。嫌気が差してきた。

「教皇様は、貴族令嬢を『お前』呼ばわりすることが礼儀だと教えたのですか？　だとしたら、たいした紳士ですこと」

「黙れ！　父上を侮辱するな！」

「最初に我が家を侮辱したのはあなたのほうですわ」

別にレイツィア公爵家に思い入れがあるわけではないが、言われっぱなしは嫌だ。

私が教皇の息子を言い負かすと、隣にいたもう一人の取り巻きが参戦してきた。

「レイツィア公爵令嬢、あなたはアメリアにひどい暴言を吐いたそうですね」

「記憶にございませんわ」

私の答えに、教皇の息子がまた噛みついてくる。

「とぼけるな！」

廊下の真ん中で声を荒らげるなんてはしたないと思いながら、私は反論した。

「覚えがありませんもの。私が一体何を言ったというのです?」

「友人を作るなと言っただろう」

侮蔑を込めた眼差しを私に向けながら、もう一人の取り巻きが言う。私にはまったく身に覚えのない話だった。戸惑う私に構わず、彼はなおも言い募る。

「それに、お前は我々とアメリアが恋愛関係にあると吹聴しているそうだな」

私は『婚約者のいる殿方に近付きすぎるな』としか言っていない。どうしてそういう解釈になったのか。

ふんっと鼻で笑い、教皇の息子は小馬鹿したように言う。

「自分がクラス一の嫌われ者だから、アメリアに嫉妬したんだろう。だからといって、アメリアを脅すなんて最低だな。闇の精霊王の加護持ちは本当にろくでもない。我が国の恥だ」

「そのクラス一の嫌われ者の言うことを、一体誰が信じるのでしょうね」

私が呆れたように言うと、彼は自信ありげに答えた。

「取り巻きを使って信じさせたに決まってる。お前は身分だけは高いからな。すり寄ってくる人間もいるだろう」

全部、憶測じゃないか。こんなくだらないことに時間を取られるなんて、ついてない。

「証拠がありまして？」

私が睨みつけると、教皇の息子はまた小馬鹿にするように笑った。

「はっ。お前以外に誰がいる」

そうだそうだと言わんばかりに、もう一人も頷いている。

廊下の真ん中でのこの騒ぎ。ふと気付けば、それなりの数の野次馬が集まっていた。

アメリアの取り巻きたちは、野次馬がみんな自分たちの味方だと思っているのか、どこか得意げな様子だ。

だが、私を見る野次馬の視線には、同情の色も混じっている。

そこにロナルドが現れて、私と取り巻きたちの間に立った。

「その辺にしておいたらどうだ。いくら君たちでも、そんな無茶は通じないよ」

ロナルドはにっこりと笑っているけれど、否とは言わせない威圧感を醸し出している。

「公爵家の彼女に罪をなすりつけるなんて、それ相応の覚悟があってのことなのかな？」

それを聞いた彼らは分が悪いと思ったのか、悔しそうな顔をしながらもあっさり身を引いた。

「ロナルド、助けてくれてありがとう」

私がお礼を言うと、彼はたいしたことではないと笑う。

「礼ならグレイソンにするといい。自分では教皇の息子たちを止められないから助けてほしいと言って、彼が私を呼びに来たんだ」

いつの間にか、グレイソンは私たちのそばを離れてロナルドを呼んできてくれたらしい。

周囲を見回すと、教皇の息子たちとともに去っていくグレイソンの姿が目に入った。その姿を見ながら、私は心の中で彼にもお礼を言う。

今回は売り言葉に買い言葉で、つい相手をしてしまったが、アメリアやその取り巻きたちにはもう関わらないでおこう。そうすれば、私がアメリアを虐めているという噂も、じきに消えるはずだ。

とにかく彼女との接点をなくして、妙な噂を流されないようにしよう。

私はそう心に決めたのだった。

ところが、アメリア側の攻撃はこれだけではすまなかった。

私はアメリアを避(さ)けているのに、彼女は様々な手を使ってちょっかいをかけてくる。

どうしても小説通りの展開に持っていきたいらしい。

ある日、私がリリーと話していたところ、すぐ目の前でアメリアが盛大に転んだ。

そして、座り込んだまま私のほうを見て怒鳴り始めた。

「どうしてっ……どうしてこんなことをするのですか!?」

私もリリーも、意味が分からなくて困惑する。

リリーが気を遣って、とりあえずアメリアに声をかけた。

「……随分派手に転んだようですが、大丈夫ですか？」

「大丈夫じゃないわ！　レイツィア公爵令嬢がわざと足を引っかけたのよ！　ひどい！　ひどいわぁっ！」

アメリアは顔を手で覆(おお)って嘘泣きをする。

「そんなに私のことが嫌いですか、レイツィア公爵令嬢!?」

うん、嫌い。

そう言えたら、どんなにいいだろうか。

けれど正直に口にしたら、また虐めだなんだのとうるさいだろう。ああ、面倒くさいっ。

「私は足など引っかけていませんわ。あなたが勝手に転んだだけでしょう」

実はここ最近、似たような出来事が頻発していた。遠巻きに様子をうかがう生徒たちも、またか、という顔をしている。

『クローディア、このキャンキャンうるさい小娘を殺してやろうか』

ジェラルドもいい加減我慢の限界なのだろう。殺気を放ちながら言う。

『ダメよ。いくら煩わしくても、殺すと厄介だもの』

私は念話でジェラルドを落ち着かせた。

「ローガン男爵令嬢、私たちはこれで失礼いたしますわ。さっ、行きましょう、クローディア」

リリーは隙をついてさっと立ち上がり、早口でアメリアに告げる。

そしてアメリアが何か言う前に、私の手を引いて足早にその場をあとにした。

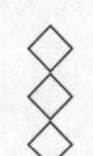

アメリアの攻撃をかわし続けていたある日、私は兄から学校の温室へと呼び出された。

温室には他の生徒もちらほらいたが、みんなお互いの会話が聞こえないくらい離れている。

兄が私を呼び出したのは、アメリアについて聞くためだった。

彼女が私にちょっかいをかけていることは、当然だが兄の耳にも入ったらしい。もちろんレヴィ殿下も知っており、心配しているとのことだった。

包み隠さず話せと言う兄に負け、私は今までのことを伝えた。

すべてを話し終えた時、甲高(かんだか)い声が耳に入ってくる。

「そこにいらっしゃるのは、リアム様ですよね？」

声のしたほうに目を向けると、そこにはアメリアが立っていた。

兄は彼女を見るなり、眉間(みけん)に皺(しわ)を寄せて踵(きびす)を返した。

「行こう、クローディア」

アメリアから私を隠すようにして、さっさと歩き出す。

「あの、どちらに？」

すぐにでもこの場を去りたいと兄も私も思っていた。だが空気の読めないアメリアは私たちを……と、いうより兄を引きとめるように声をかけてきた。

「俺たちの用は済んだ。だから教室に戻るだけだ」

うんざりしたように兄が言う。その態度に、アメリアは一瞬驚いた顔をした。兄からそんな扱いを受けるなんて夢にも思っていなかったようだ。けれどそれは一瞬のことで、すぐに笑みを浮かべて言う。

「ではご一緒させてくださいませ」

アメリアは決して私のほうを見ようとしない。私の存在を無視して、兄と二人だけの世界を築こうとしているようだ。

「ご冗談を。あなたと一緒にいるところを誰かに見られたら、妙な噂をたてられかねない。謹（つつし）んでお断りするよ」

「まあ。ただお友達とお話ししているだけなのに、噂するような人はいませんわ」

アメリアはわざとらしいくらい純真な笑みを浮かべて言う。

その言葉には、私も兄も驚いた。

兄とアメリアは、これが初対面のはずだ。ろくに話もしたことがない相手を、友達とは言わない。

学年が違う上に、兄は彼女よりもはるかに身分が高いのだから、なおさらだ。

私も兄も、露骨に嫌な顔をしているのだが、アメリアは気にもせず話し続ける。

「おそれながら、リアム様には何か悩みがおありのご様子。よろしければ、私が相談に乗ってさしあげますわ。……あっ、失礼しました。まだ名乗っていませんでしたね。ご存じかもしれませんが、私は光の精霊王の加護を持つアメリア・ローガンですわ。どうぞ、アメリアとお呼びください」

あまりに一方的な話に、兄は呆れて何も言えないようだ。私ももう、どこからツッコミを入れていいか分からない。

「それで、リアム様はどのようなことで悩んでいらっしゃるのですか?」

アメリアの一方的な話は続く。

「悪いけど、初対面のあなたに話すような悩みはありません」

兄がはっきり拒絶の意思を示しても、アメリアはまったく聞かない。

「お悩みとはもしかして、クローディアのことですか?」

ちょっと待て。私、目の前にいるんだけど。

「失礼だがローガン男爵令嬢――」

「アメリアとお呼びください」

「…………あなたは、俺の妹と親しくありませんよね」

遠まわしに、『親しくもない人間が俺の妹を呼び捨てにしてんじゃねぇ！』と兄は言っている。だが、残念ながら彼女には通じなかった。アメリアは悲しげに眉尻を下げて言う。

「はい。親しくなろうと努力はしているのですが、なかなか難しくて。クローディアは、私がクラスの人気者であることに嫉妬して、目の敵にしているんです」

いつからアメリアがクラスの人気者になったんだろう。むしろ避けられているような気がするけど。

「リアム様の気持ち、お察ししますわ。あんな子の兄だなんて、さぞやお辛いでしょうね」

「何を勘違いしているのか知らないが、俺はクローディアの兄であることを誇りに思っているよ」

「まあ、お優しいのですね。でもいいのですよ、私の前では本心を隠さなくても。私はあなたのお気持ちをちゃんと分かっていますから。クローディアがいるせいで、家族はバラバラ。お母様は寝込みがちになってしまわれて……。本当は辛くて、苦しかったのでしょう？　おかわいそうなリアム様」

アメリアは完全に私のことをいないもの扱いしている。けれど彼女の言葉は、私の心に傷を付けていった。彼女の言う通り、私の存在は家族の関係を壊している。両親は決して悪い人ではないから、私さえいなければ、きっと穏やかでいい家庭を築けたのだろう。

暗くなっていく私の思考を、兄の一言が吹き飛ばした。

「失せろ」

それは、今まで聞いたこともないくらい低い声だった。

「え？」

さすがのアメリアも、兄の様子がおかしいことに気付いたらしい。

「その醜い顔を、二度と見せるな」

「っ⁉」

「あんたがどう思おうが勝手だが、俺はクローディアのことを愛している。彼女の兄であることを嫌だと思ったことはない。分かったら、失せろ」

「おかしい……おかしいですわ！　こんなのありえない！」

アメリアは顔を真っ青にして叫び声を上げる。

確かに、小説では決してありえなかった展開だ。けれど私たちが生きている世界はフィクションではなく、現実だ。それが分かっていない彼女は、完全に混乱しているようだった。

騒ぎを聞きつけた生徒たちが集まってきても、アメリアは構わず喚き散らしている。

「あなたはクローディアのことで悩んでいる。傲慢で、無慈悲で、最低最悪の女を妹に持って、それを恥じているはずですわ！　そう決まっているんですもの!!」

そう。それが小説のクローディア。でもここは現実で、小説とは違う。

「傲慢で、無慈悲で、最低最悪の女は、今日の前で喚いているあんたのほうだよ」

兄はそれだけ言い捨てて、アメリアに背を向けた。

「なんなのよ！　ありえない、こんなのあるわけがない！」

リアムとクローディアが出ていった温室で、アメリアはまだ喚いていた。野次馬たちはじきにいなくなったが、俺はその場に残って様子をうかがっている。

そして、親指の爪を噛んで悔しがるアメリアのもとへ近付いた。

「大丈夫ですか？　ローガン男爵令嬢」

「あんた、誰よ？」

彼女はそう言って俺を睨みつけてくる。

「あなたのクラスメイトですよ。ロナルド・ウィンドーと申します。ウィンドー侯爵家の者です」

俺が侯爵家の人間だと告げると、アメリアは態度を豹変させた。

「まあ、ロナルドというのね。さっきの見てた？　ひどいでしょう、クローディアったら。きっとリアム様に妙なことを吹き込んで、操っているのよ」

侯爵家の俺を呼び捨てにするとは、礼儀知らずな女だ。だが、いかにも馬鹿そうなこいつなら、いいように使えるかもしれない。

「ええ、本当にひどいですね。かわいそうなアメリア。私が慰めてさしあげましょう」

色気をたっぷり含ませて言うと、アメリアはあっさり落ちた。

馬鹿な上に尻軽とは。こんな女、触るのもごめんだが、暇つぶし程度にはなるだろうか。せいぜい役に立ってもらおう。

俺はそう思い、彼女に向かって微笑んだ。

第四章

温室での一件から、二週間が経つ。

アメリアが私と兄に対して意味不明な言動をとったことは、瞬く間に学校中に知れ渡った。

彼女はますます周囲から避けられるようになり、逆に忌み嫌われていたはずの私が、なぜか同情の眼差しを向けられている。それだけでなく、挨拶程度ならしてくれる人が増えたし、以前のように不自然に目を逸らされることもなくなった。

下級貴族であるアメリアに散々無礼な振る舞いをされても怒らなかったのを見て、周囲が私の評価を改め始めたらしい。

これもアメリア効果だろうか？　なら、ちょっと感謝したくなる。

だが、まだ油断は禁物だ。どこに人生の落とし穴があるか分からない。それにさっき、きな臭い話を耳にしたばかりなのだ。

私はレイツィア公爵邸の図書室で一人頭を抱えた。

『クローディア、何をしているのだ?』

ジェラルドが念話で話しかけてくる。

「ん〜、考え事」

この図書室には、歴代の当主が集めた本が収められている。本のにおいが充満しており、私はそれがとても好きだ。

生まれた時から悲惨な運命を背負わされ、私の心はいつも不安で一杯だった。だがこのにおいを嗅(か)ぐと、不安な心が安らいでいくのだ。

だから考え事をしたい時は、いつもここに来る。

『何を考えているのだ?』

「さっき公爵の執務室の前を通ったら、ちょっと会話の内容が聞こえちゃって……」

父が話していたのは、ガルディア王国との戦争についてだ。

小説はあくまで恋愛がメインだったので、レイシアとガルディアの情勢について詳しいことは書かれていない。

転生してから調べてみたところ、ガルディアは昔から、精霊に愛されるレイシアの土地を狙い続けてきたらしい。

そして現在、ガルディアの王太子——カルロス王子が開戦の準備を進めているとのことだ。攻め込んでくるのも時間の問題だという。

小説では戦争になり、私は休戦と和平の証としてガルディアに嫁がされる。つまり戦争が起きれば、バッドエンドに一歩近付いてしまうのだ。

私の味方は増えているし、逆にアメリアは人望を失いつつある。未来は多少変わっているだろう。それでもまだ、私があの国に嫁がされる可能性はゼロではない。

いざという時に、自分の身を守れるのは自分だけ。そう考えると、打てる手はすべて打っておくべきだ。

「ねえ、ジェラルド。ガルディア王国の情報を集めてくれる？」

『俺が調べるとなると、お前のそばから離れないといけなくなる。それは嫌だ』

確かに、ジェラルドが私の近くにいないのは、あまりいいことではないだろう。どうしたものかと考えていると、彼が再び口を開いた。

『俺の眷族に頼むのはどうだ？　闇の精霊は、人の影に潜って情報を集めることができる。ただ、眷族たちは複雑な会話を理解できないし、俺ならばともかく、彼らが国を離れるのは難しい』

「国を出る必要はないわ。公爵の影に入って、彼らがガルディア王国に関する話をしていたら、内容を教えてほしいの。理解できなくても、そのまま伝えることはできる？」

　私の父は騎士団長を任されている。隣国に動きがあれば、必ず父に伝えられるはずだ。

『ふむ、それならば問題ない。公爵に報告が上がり次第、その会話をクローディアに聞かせられるようにしよう。……お前たち、聞いての通りだ』

　ジェラルドがそう言って右手を伸ばした。するとその周りに手のひらサイズの闇の精霊たちが集まってくる。

『それが姫の願いなら』

『願いなら』

『姫の望みを叶える』

『姫の望み』

『叶える』

　闇の精霊たちは口々に言って消えていった。

「ありがとう、ジェラルド」

『この程度、お安い御用さ』

　これで情報は手に入る。ガルディア王国の動きをいち早く把握できれば、少しは安心だろう。

「おお、来たなレヴィ。そこの席に着きなさい」

俺は父である国王陛下から、議会の間へ呼び出された。そこには、国の中枢を担う者がすでに集まっていた。

今回、あることについて話し合うため、緊急の議会が開かれたらしい。議題として上げられたのは、ガルディア王国の動きについてだ。

エドガーはまだ幼いのでこの場にはいないが、最近の俺は父の下について政務に関わることが多くなっている。いずれはレイツィア公爵の跡を継ぐことになるリアムも同様だ。

「ガルディア王国が戦争を仕掛けてくるそうですね」

議会の間に集まった高官の一人が言う。

ガルディア王国が開戦準備を始めているという情報は、すでに王家やレイツィア公爵たちの耳に入っている。だが、まだその情報を知らされていなかった貴族たちからは、動揺の声が上がった。

ガルディアがレイシアに侵攻したがるのはいつものことじゃないかと、俺は冷めた目で彼らを見つめる。

精霊の力はレイシアでしか使えないので、こちらから他国に攻め入ることは滅多にない。それをいいことに、ガルディアはいつもちょっかいをかけてくるのだ。

「昨年、平和条約を結んだばかりではないか」

「あいつらはいつもそうだ」

「あの国は約束を反故にするのが得意だからな」

怒り、諦め、嘲り。ガルディア王国に対する様々な感情が飛び交う。そんな中、一人平静を保っていたのは、この国の宰相アルファー公爵だ。

「陛下、奴らは何度追い払っても懲りません。ここらで一度、我々の本気を見せつけてはいかがでしょう。二度と戦争など仕掛ける気が起きないくらい、完膚なきまでに叩き潰すのです。彼の国の横暴さは誰の目から見ても明らか。我々が少々お灸をすえたところで、他国から非難されることもないと思われます」

アルファー公爵の言葉に、陛下は頷いた。

「一理あるな。だが国の上層部が勝手にしたことで、民に被害が出るのは、望ましくない。他国の民とはいえ、侵攻してくる兵たちも罪なき民だ」

「もちろんです、心優しき我が王よ。何も民に残虐な真似をしようというのではありません。ただ、軍部に甚大な被害を及ぼせばいいのです」

その提案を聞いて、母である王妃陛下が怪訝そうな顔をする。

「民に被害を出さず、軍部だけに大きな被害を及ぼす？　そんなことが本当に可能だと言うのですか、アルファー公爵」

王妃陛下の鋭い視線と質問が飛んだ。アルファー公爵は、まだ具体的なことを何も言っていない。王妃陛下が疑問を抱くのも当然だった。

議会の間にいるすべての者の視線がアルファー公爵に向けられた。彼はにやりと笑って立ち上がり、両手を大きく広げる。その様はまるで舞台に上がった道化師のようで、俺は嫌な予感を覚えた。

「我が国には現在、奇跡の存在が二人います」

アルファー公爵は、その者たちの名前を言わなかった。でも、それが誰のことを指しているのかは明らかだ。

俺は奥歯をぎりっと噛みしめた。

レイツィア公爵は拳を握りしめ、母とリアムはアルファー公爵を睨みつけている。

「クローディア・レイツィア公爵令嬢とアメリア・ローガン男爵令嬢です。闇と光の精霊王の加護持ちならば、この計画を実行するのも容易いでしょう」

アルファー公爵の言葉に、愚かな貴族たちから賛成の声が次々と上がる。

「おおっ！　それはいい」

「さすがはアルファー公爵だ」

「確かに、その手があったな」

ふざけるなと、俺は思った。

リアムも同じように感じたのか、立ち上がって抗議する。

「ちょっと待ってください。二人はまだ学生なのですよ」

アメリアのことはどうでもいいが、クローディアを戦場に行かせるわけにはいかない。

俺もリアムの言葉を後押しする。

「私も反対だ。彼女たちの力を使わずとも勝てる戦争だろう。学生をわざわざ駆り出す必要は、どこにもない。現に私もリアムも、学生だという理由で戦場には行くなと言われている」

俺は机に手をつき、立ち上がった。その場にいる全員の顔を見回す。

すると、何を分かりきったことを、とでも言いたげな顔で宰相のアルファー公爵が言う。

「あなた方と彼女たちでは、立場が違う」

俺は、怒りを抑えるのに必死だった。

国王陛下もさすがにまずいと思ったのか、静かに口を開く。

「口を慎め、アルファー公爵。立場が違うからといって、子供を戦争に行かせていい理由にはならない」

陛下から叱責され、アルファー公爵は口をつぐんだ。

しかし、話を聞いていた一人の貴族が立ち上がる。

「私はアルファー公爵の意見に賛成です。光の精霊王の加護持ちは、ゆくゆくはこの国の聖女になる可能性がある身ですが、闇の精霊王の加護持ちなら――」

彼は最後まで言い切ることはできなかった。なぜなら王妃陛下が射殺さんばかりの鋭い目をその男に向けていたからだ。

「どうなっても構わないとおっしゃるのですか？　万が一クローディアが命を落として、闇の精霊王が怒ったらどうするのです」

賛成の意を示した貴族は黙り込む。

「もちろんそうならないよう対策は練るべきです。なんといっても、闇の精霊王とその加護持ちは、過去に世界を滅ぼしかけたことがありますからな」

アルファー公爵が余計なことを言って、闇の精霊王とその加護持ちへの忌避感をあおる。そのせいで、彼の意見に賛成する者が出始めた。

クローディア本人のことを知る者は、浅はかだと憤る。

「勘違いなさるな。あれは人々が英雄を裏切ったから起こったこと。いわば我らの祖先の自業自得です。闇の精霊王や今の加護持ちを忌避する理由にはなりません」

王妃陛下は怒りを隠すこともなく、けれど静かな声で言った。それが余計に、その場にいた人間を凍りつかせた。

この国で一番怒らせてはいけない人を、アルファー公爵は怒らせた。

だが、腐っても彼は宰相だ。王妃陛下の怒りに青ざめながらも笑みを浮かべ、レイツィア公爵に水を向ける。

「では、アラウディー殿はどう思われる?」

当事者クローディアの父親でありながら、彼はまだ一言も発していない。

アルファー公爵に向けられていた視線が、一斉にレイツィア公爵に向けられた。

レイツィア公爵は拳を握りしめ、静かに目を閉じていた。それから彼はゆっくりと目を開け、議会の間を見まわす。

「私は、娘の意思に任せる」

その一言を聞いて、アルファー公爵は勝ち誇ったように笑った。

リアムがすぐに非難の声を上げる。

「父上っ！」

リアムは鋭い視線をレイツィア公爵に向けるが、彼からはなんの弁明もない。

国王陛下も驚きに目を丸くしている。

「アラウディー……そなた、自分が何を言っているのか分かっているのか？　娘を戦場に送り込むことになるかもしれないのだぞ」

レイツィア公爵は「無論、すべて承知の上です」と迷いのない言葉を返した。

俺はただ、クローディアのことを心配した。彼女は心優しく、聡明（そうめい）な人だ。だから彼女が出す答えはもう分かっていた。

王妃陛下は、真意を見極めるかのように目を細め、レイツィア公爵を見つめている。

レイツィア公爵と視線が合うと、彼女は深く息を吸い込み、ふーっと吐き出した。

「いいでしょう。クローディアを呼びなさい。私が彼女の意思を確かめます」

その言葉に、今度は俺と陛下が非難の声を上げる。

「母上！」

「アグネス！」

王妃陛下はその声を無視して続けた。

「同時にアメリア・ローガンの意思も確認しましょう。この場にいないローガン男爵には、娘とその母親を連れて登城するように伝えてちょうだい。アラウディーは、クローディアを連れてきなさい」

これは決定事項だった。国王陛下ならば王妃陛下の言葉を覆せるが、レイツィア公爵が拒否しなかったことによって、彼はその機会を失っている。そうしてそれは、本心では彼女たちを戦地に送りたくない王妃陛下にとっても同じことだった。

勝ち誇ったような笑みを浮かべるアルファー公爵と、ほっとしたような表情をする貴族たち。それを、王妃陛下は射殺さんばかりに睨みつけた。

「いいですか、加護持ちは戦争の道具ではない！　そのこと、ゆめゆめ忘れるでないぞ。アラウディーとリアムは議会のあとこの場に残りなさい。本日はこれで解散しましょう、陛下」

「分かった。では、これにて議会は終了とする」

陛下の言葉で、貴族たちは早々に議会の間を去っていった。

部屋の中には国王陛下と王妃陛下、俺とレイツィア公爵とリアムだけが残された。リアムはもう我慢できなかったようで、いきなりレイツィア公爵に殴りかかった。

ドンッと重い音がして、レイツィア公爵が床に倒れ込む。

彼はそれを、当然の報いとして受け入れたようだ。怒るでもなく、ただ静かに上半身を起こす。

「なぜ？　クローディアが何をした？　ジェラルドが何をした？　彼女たちは国を滅ぼしかけた英雄とは無関係だ。なのに、あんたらはまるでそれが彼女たちの犯した罪のように考えている。クローディアがいつ人を傷付けたって言うんだ？」

リアムはレイツィア公爵に近付きながら詰問する。

「人を傷付けるのはあの子じゃない。あんたや母上のほうじゃないか」

吐露された友の本心に、俺は胸が締め付けられそうになる。

「リアム……」

「クローディアが死ねば満足か？　そうすれば、クローディアが生まれる前の生活に戻れるとでも思っているのか？」

リアムは怒りで震える拳を血が出るまで握りしめ、侮蔑を込めた目で父親を睨みつけていた。しかし、その目には悲しみも含まれている。

無理もない。尊敬する父が、大切な妹を戦場へ送ることに反対しなかったのだ。

「そこまで恥知らずではないつもりだ」

レイツィア公爵は感情の読めない声で淡々と言う。

「だったら、なぜ反対しなかった⁉」

リアムの疑問に答えたのは、王妃陛下だった。

「クローディアのためでしょう」

彼女は地面に座り込んだままのレイツィア公爵に、悲しげな目を向けて言う。

「これは勝てる戦争ですが、それでも死人は出ます。ただ、クローディアがいればきっと一瞬にしてすべてが終わるでしょう。しかも、ガルディアに十分な痛手を負わせられる。上手くすればあの子は英雄になります。そうなったら、彼女を非難する声も今よりましになるはずです。それに、アラウディー自身も出陣するのだから守ってあげられる……そう考えたのでは？」

レイツィア公爵からの返答はない。それは肯定を意味していた。

「なんだよそれ。ふざけるなっ！」

リアムはさらに声を荒らげる。

「あんた、中途半端なんだよ！　だからクローディアに父と呼んでもらえないんだ。あんたの中途半端さが、あの子を傷付けているんだからな！」

「ああ、分かっているよ。でも、もうどうしていいか分からないんだ」

愛せないくせに、拒絶もできない。親としての心を完全に捨てきれず、クローディアのためを思って中途半端に行動してしまう。

レイツィア公爵は、随分前から諦めていたようだ。

うなだれた彼に、王妃陛下は淡々と告げる。

「あなたは娘の愛し方を間違えた。だからそんなにボロボロになってしまったのでしょう」

王妃陛下の言葉にレイツィア公爵は力なく笑い、立ち上がって静かに議会の間から出ていった。

緊急議会の数日後、呼び出しを受けた私は一人で登城した。
父と兄がついていくと言ったが、断った。登城理由は父から聞かされたし、そもそもジェラルドの眷族を通じて議会の内容を盗み聞きしていたから、経緯は十分に分かっている。
私が国王陛下の待つ部屋に向かっている途中、うきうきしているアメリアと遭遇した。
呼ばれた理由を聞かされていないのだろう。彼女は父のローガン男爵と、一見地味だが美人な女性に連れられている。きっと彼女がアメリアの母だろう。

「なんで、あんたがここにいるのよ！」

アメリアは私の顔を見るなり怒鳴った。これにはローガン男爵もその隣に立つ女性も驚き、顔を真っ青にする。

ローガン男爵は慌てて謝罪し、娘の頭を無理やり押さえつけて下げさせた。だが、彼女からの謝罪はない。別に謝ってほしいわけではないけれど。

ローガン男爵も一応の礼儀は守っているが、形式だけなぞっているような慇懃無礼な態度で私に話しかけてくる。

「差し支えなければ、あなたがここにいる理由を教えていただけませんか？」

「男爵様っ！」

隣の女性から悲鳴が上がる。だが、男爵はそれに構わず続けた。

「娘のアメリアは、見ての通り光の精霊王の加護持ちなので、ここに呼ばれた理由は想像できるのですが、あなたはその……ねぇ……？」

「おやめください！　失礼にあたりますわ」

私に対するあまりに失礼な物言いに、女性はますます顔を青くした。彼女は私のことを怖がっているようだ。

アメリアは気にした様子もなく、それどころかなぜか勝ち誇ったような笑みを浮かべる。

「私はあんたとは違うのよ」

そう言ってアメリアは胸を張る。なるほど、似た者親子というわけか。

「アメリア、やめなさい！　……申し訳ありません、レイツィア公爵令嬢」

唯一の救いは、彼女の母と思しきこの女性がとてもいい人そうだということだ。

「私もあなた方と同じ理由で呼ばれたのですわ。さあ、まいりましょう。陛下たちをお待たせするわけにはまいりません」

アメリアはまだ不満そうだったが、王族を待たせてはまずいということぐらいは分かっているようで、渋々従ってくれた。

指定された部屋の周辺は人払いがされており、そこで私たちは陛下と王妃様から今回の用件について聞かされた。

「む、娘を戦場へ、ですか……？」

先ほどの女性――アメリアの母は顔色を真っ青にし、誰に聞かせるともなくつぶやく。

男爵は絶句して固まってしまっている。そしてアメリアは一人つぶやいていた。

「おかしいわ。戦場に行くのは小説のラスト。それも、クローディアを倒すためなのに……」

そのつぶやきは、運のいいことに、私にしか聞こえなかったらしい。

「そういう提案が出ているだけで、強制ではない。すべては君たちの意思に任せる」

動揺する母娘を落ち着かせるように陛下は説明を加えた。

これを機に王族と繋がりが持てるとでも思ったのか、男爵は急にテンションを上げて言う。

「国のために殉ずるは貴族の役目。これほど素晴らしいことはない！」

だが当然、アメリアは抵抗する。

「い、嫌よ！　どうして私が戦場なんかに行って、戦わないといけないの？　こんなのストーリーと違う！」

「ス、ストーリー？」

アメリアの口から出た言葉に、陛下も王妃様もなんのことだか分からず戸惑っている。

一方、男爵と彼女の母は慣れているのか、その言葉を完全に無視した。

「お前には光の精霊王であるグレース殿がついている。何も心配することはないだろう」

男爵はアメリアの肩を抱き、優しく諭すように言う。しかし、彼はアメリアを気遣っているわけでも、心配をしているわけでもない。彼の目には、王家と繋がりが持てるかもしれないという欲がちらついている。

そんな男爵の態度を見て、アメリアの母は激しく抵抗した。

「何を言っているのですか？　アメリアはまだ十四歳ですよ。それに、戦場に立つ訓練なんて受けたことすらありません。そんな娘を戦場になど行かせられませんわ！　いくらグレース殿がついていても、絶対の安全なんてどこにもないのですよ。もし流れ矢にでも当たったら……たとえ生きて帰ったとしても、一生消えない傷が残るかもしれないわ。それがどれほど大事（おおごと）か、あなたは考えているのですかっ⁉」

「嫌よ！　嫌っ！　戦場になんて絶対に行かないわ！　クローディア一人で行けばいいじゃない！」

アメリアは首を左右に激しく振る。綺麗（きれい）にセットされた髪があっという間にぼさぼさになり、みっともない姿に変わっていく。だが今のアメリアにそれを気にしている余裕はないようだ。

彼女の言葉には陛下も王妃様も眉をひそめたが、それを責めることはしなかった。ただ彼女たちをなだめるように、陛下が静かに口を開く。

「三人とも落ち着きなさい。この話を断ったところで、君たちの不利益になるようなことはない」

「すべては本人の意思次第だ。アメリアが行かないと言うならそれでいい。……クローディア、君はどうする？」

「ですが、陛下……」

全員の目が私に向けられた。

意思を問われたところで、私には拒否権がない。

現実は小説のストーリーとは違ってきているし、私を理解してくれる人も増えている。でも、私が嫌われ者の、闇の精霊王の加護持ちである以上、何が状況を左右するか分からない。

ここで断れば、「国を守る気がない」と思われてしまう。それは今後私を厄介に思う人間に付け入られる隙になるだろう。

それに、緊急議会の日にアルファー公爵や父が言っていたことは正しい。私が戦場に出れば、人的被害は敵味方とも最小限にとどめられる可能性が高い。英雄視されたいわけではないが、人のためにできることがあるならば、やるべきだと思った。

「……私は、行きます」

声が震えた。でも、はっきりと言うことができた。

陛下と王妃様は申し訳なさそうに眉尻を下げ、静かに頷く。

こうして、私の戦場行きは決まった。

一ヶ月の準備期間を経て、私は大切な兄や弟、そして友達を守るために戦場に来ていた。恐怖で足が震える。緊張のあまり吐きそうだ。

小説では、クローディアは戦場で死ぬ。これは小説に書かれていたのとは違う戦場だと分かっていても、死ぬ運命に近付いているのかもしれないと、不安が大きくなっていく。

『クローディア、お前のことは俺が守るから安心しろ。俺がそばにいれば大丈夫だ。お前は一人じゃない』

ジェラルドの手が私の肩にそっと触れた。とても温かくて、強張（こわば）った私の心を溶かしてくれる。

戦いはまだ始まっていない。だが、敵は目前まで迫っていた。

私はガルディア王国の兵たちが集まってくる様子を、崖（がけ）の上から見下ろす。

この戦いにおける私の役目は、敵の動きを止めること。それ以外はしなくていいと父から言われている。

私はガルディア王国軍を見つめながら、どのように命令を実行しようか考えていた。残虐だと思われるような方法は避けなければならない。でなければ、味方にも忌避されることになるだろう。

うしろには味方がいるはずなのに、私は背水の陣を敷いているような気分になった。

やがて私の隣に父が立った。

「クローディア、始めてくれ」

その言葉に静かに頷き、私はジェラルドを呼ぶ。

『ジェラルド、お願い』

『了解した。――我が眷族よ、クローディアの前に立ちはだかるすべての者の動きを封じよ』

ジェラルドが高らかに命じると、小さな精霊たちが一斉にガルディア王国軍へと飛んでいった。

たとえ私が命令したとしても、ジェラルドは私のそばを離れないと言った。

無数の闇の精霊たちが、次から次へと敵兵の影の中に入り込んでいく。すると影がひとりでに動き出し、彼らの体にまとわりついた。

「うわぁっ!」

「なんだこれはぁっ！」

「ひぃぃっ」

「くそっ、やめろ。離れろ」

影は敵兵を拘束し、動きを封じる。父の合図で走り出したレイシアの騎士は、身動きの取れない彼らを次々と捕虜にしていく。

何千という敵を完全に封じることはできなかったが、それでも大多数の動きを鈍らせることはできた。

父は逃げた敵は追わないようにと告げ、彼らを尾行して敵将の居場所をつきとめるよう、数名の部下に命じた。

ジェラルドに頼めば、敵将の居場所くらい簡単につきとめられる。けれど、手の内をすべて見せるつもりはなかったので、何も言わず成り行きを見守ることにした。

しばらくして、逃げた兵のあとをつけていた者たちが戻ってきた。彼らが持ってきた情報に従い、父は精鋭の小隊と私を連れて敵将のもとへ向かう。

ガルディアとの国境ぎりぎりにある小さな村。

その村の一角に、一際しっかりした造りのテントがあった。ここに敵の指揮官がいるらしい。

足音を忍ばせてテントに近付くと、中から怒鳴り声が聞こえてきた。

「反撃もできずにやられただとっ⁉」

今のがガルディア王国軍の指揮官の声だろう。

「カルロス王子は我らを信じてこの戦場を任せてくださったというのに、なんと申し開きをすればいいのだ！」

激昂して何かを投げたのか、ガラスの割れる音がした。

私はジェラルドの力でテントの外にいる見張りの口を塞ぎ、静かに昏倒させる。精鋭騎士たちがテントをぐるりと取り囲んだのを確認して、父が中に踏み込んだ。

「申し開きをする必要はない。貴殿らのことはレイシアに連行させてもらう」

「何っ⁉　誰だっ！」

中にいた兵たちが一斉にこちらを振り向き、剣に手をかける。彼らがそれを抜くよりも早く、私は闇の力で全員を拘束した。

「うわっ！　なんだこれぇっ！」

指揮官の近くにいた兵たちは、己の体に絡みつく影を見て、パニックになっている。

「貴殿らの身柄は我々が拘束した。ご同行願おう」

父がそう言うと、レイシアの騎士たちは影で動きを封じられた兵と指揮官を捕まえる。

こうして、戦争は呆気なく終わった。

ガルディアの兵たちが連れていかれるのを眺めながら、私はふうっと息をつく。テントの外に出てあたりを見まわすと、村人らしき人たちの姿が目に入った。

ガルディア王国軍は、この村を一時的に占領していたらしい。相当非道なことをされたのか、村の人々の目に生気はなかった。

しばらく周辺を歩いていると、怪我人が集まっている場所に出た。衛生兵たちが慌ただしく働いている。そこにはレイシアの騎士だけではなく、村人たちもいるようだ。

私はそちらへ近付き、怪我をした人の手当てを始めた。騎士たちは色々と忙しいみたいだが、私はすることがない。どうせ暇なのだから、役に立つことをしたほうがいいだろう。

黙々と手当てする私を、何人もの騎士が興味津々に見つめてくる。コソコソと話しているが、はっきり言って丸聞こえだ。

「俺さぁ、よく考えたらレイツィア公爵令嬢のこと、噂でしか知らないんだよな」

「俺も。団長もあまり娘のことを話したがらないし」

「変な噂が山ほど流れてるから、どんな不気味な女だろうって思ってた」

「人の命をなんとも思わない非情な女だって聞いてたよ」

一体どこからそんな根も葉もない噂が流れてくるのか。私と実際に接すれば、普通の人間だと分かるはず。それに私は誰かに危害を加えたことなどない。だというのに、そんな噂が勝手に一人歩きしているなんて信じられない。

私の気も知らず、騎士たちのおしゃべりは続く。

「表情の変化に乏しいし、確かに変わった見た目ではあるけど、別に不気味なわけじゃないんだよな」

「よく見りゃ超美人だし」

「団長と奥方の子なんだから、見目麗しいのも当然だよな」

「リアム様もなかなかのイケメンだもんな」

「ああ。リアム様が訓練に来ると、女の見学者が増えるくらいだし」

確かに兄はイケメンだ。それだけでなく、文武両道だし、地位もあるし、紳士的で優しい。モテないはずがなかった。

でも、どうせ結婚するなら、そういうことを抜きにして、兄だけを見てくれる人と一緒になってほしい。

そんなことを思いながら、怪我人の手当てを続けていると、村の子供が近付いてきた。

「お姉ちゃん」

話しかけられたので、手を止めて少年のほうを見る。彼は頭に怪我をしたらしく、包帯を巻いていた。

「お姉ちゃんも戦ったんだろ？」

「私は敵の動きを封じただけよ。あんなのは戦いとは言わないわ」

こんな小さな子が戦争に巻き込まれるなんて哀(あわ)れだと思う。でも、私は彼らを救うことだけを考えていたわけじゃない。私の中には、バッドエンド回避に繋がるだろうという打算もあった。そのことが小さな罪悪感として残っていた。

「難しいことは分からないよ。でも、お姉ちゃんのおかげで助かったのは事実だ。それに、お姉ちゃんは俺たちの手当てまでしてくれてる。だから、お礼にこれをあげる」

少年が差し出したのは、どこかからつんできたのであろうピンクの花だった。

人殺しの手伝いをしてお礼を言われるとは思わなかったので、どういう表情をしていいか分からない。

ただ、彼の気持ちは純粋に嬉しいと思った。

「ありがとう」

そう言うと、私たちの様子をうかがっていた騎士たちがざわつく。

「……笑った」

「笑ったな……」

「笑えるんだな」

そりゃあ笑うよ。置物じゃないんだから。

そんなツッコミを心の中で入れる。

「いつもは無表情な人が突然笑うのって、反則だと思う」

「俺もその意見に一票」

「俺も」

「俺もだ」

私の笑った顔は、反則と言われるほど見るにたえないものなのか。

なんだか悲しくなってくる。

「あれはねぇよな」

「不意打ちすぎる」

「卑怯（ひきょう）だよな」

女性の笑顔を見て『あれはない』なんてひどくないだろうか。確かに、兄みたいな整った顔ではないけれど……

「やっべ、嫁に欲しいかも」

「お前じゃあ無理だろ」

「今の時点でも倍率が高すぎる」

「第一、釣り合いが取れねぇよ」

「うっわぁ、ひってぇ」

もう彼らが何を言っても聞こえない。そう自分に言い聞かせて、私は黙々と手当てをしていった。

「ねえ、ロナルド。きっとクローディアは帰ってこないわ。もとのストーリーとはちょっと違うけど、クローディアは戦場に行って死ぬ。そう決まっているのよ」
クローディアが戦場に到着したであろう頃、俺は王都に残ったアメリアと学校の裏庭で密会していた。
俺にしなだれかかりながら、アメリアはおかしなことを言う。
「どうしてあなたにそんなことが分かるんですか？　闇の精霊王の加護を持っている彼女が、そんなにあっさり死ぬとは思えないのですが……」

光の精霊王に予知能力があるなんて話は聞いたことがない。俺が不思議に思って首を傾げると、アメリアはにんまりと嬉しそうに笑った。

「私には前世の記憶があるのよ。ここは私が前世で読んだ小説の世界なの。小説では、私は国を救う聖女で、クローディアは悪役令嬢だったわ。私は誰からも好かれるヒロインで、クローディアはみんなから忌み嫌われていたのよ」

前世の記憶？　またおかしなことを言う。

それに、アメリアの言う小説の登場人物像と、実際の彼女たちは真逆に見える。

「あなたの言うことが本当だとして、万が一クローディアが帰ってきたら、彼女こそが国を救った英雄として称えられるのではないですか？」

「それはありえないわ、ロナルド」

アメリアは、俺を小馬鹿にするようにクスクスと笑う。

「でも、その小説とは違う展開なのでしょう？　だったら、もしものことを考えて準備をしておいたほうがいいと思いますよ」

俺はとりあえず話を合わせることにした。内心では『この馬鹿女、何言ってんだ？』と思っていたのだが、それはしっかりと隠しておく。

アメリアは、俺の言葉を聞いて不安に思ったのだろう。瞳を揺らしながら縋るように見つめてくる。

「それもそうね……どうすればいい？」

馬鹿な娘だ。ここまで浅はかだと、俺の計画の邪魔になりそうで、少々面倒でもある。

それに、俺が本当に欲しいのは、光の精霊王の力ではない。戦闘能力のある闇の精霊王の力のほうだ。光の精霊王も闇の精霊王と同等の力を持っているが、戦闘向きの精霊ではない。どちらかというと治癒（ちゆ）向きの精霊だ。

利用しようと思って近付いてみたものの、アメリアも光の精霊王も役には立たなそうだし、そろそろ消えてもらおうか。

「簡単ですよ。戦争に勝てば、王宮で祝宴が開かれます。そこには王族はもちろん、国の重要人物が集まるでしょう。その祝宴の場で、クローディアがどんなに極悪非道な人間なのかを教えてやればいいんです」

アメリアは手をパンと叩き、花が咲いたような明るい笑みを浮かべた。

「それはいい考えかもしれないわ！　頭いいわね、ロナルド」

楽しそうに笑うアメリアに、俺も笑顔を作ってみせる。

内心では、この女の最期を思い浮かべながら。

怪我人の手当てを終えた私は、ガルディアに占領されていた国境の村から、王都に帰ってきた。

帰還してすぐ、祝宴が行われることになった。正式な騎士でも高官でもない私は、本来なら参加資格を持たない。だが、今回は勝利に貢献したということで、特別に招待された。

最初にその話を聞いた時、私は断ろうとした。私がいたら、せっかくのお祝いムードを台無しにしてしまうと思ったから。けれど父に出席するよう説得されたのだ。

彼曰く、『こういう場に参加して、知り合いになった騎士たちと関係を深めるのは、悪いことではない』とのこと。

私が出席を決めたのは、父の言葉だけが理由ではない。今回一緒に戦った騎士たちと、仲良くなれるかもしれないと思えたのが大きい。帰りは行きと違って、なぜか騎士たちの態度が柔らかくなっていたのだ。

とはいえ、私はまだ十四歳で、社交界デビューするのは二年も先。だから不安もあった。

私は期待と不安でドキドキしながら祝宴の日を迎えた。

会場は、いくつものシャンデリアで照らされている。床は大理石になっており、その上に赤い絨毯が敷かれていた。壁際には王妃様の好きな薄紅色の薔薇が飾られている。そこに今回戦争に行った騎士とその身内、そして有力貴族が集まっていた。思ったよりも人の数が多く、広いはずの会場が狭く感じられる。

私が兄に連れられて会場に入ると、早速いつものヒソヒソ声が聞こえてきた。

「あれが闇の精霊王の加護持ちか。初めて見たな」

「まだ社交界デビューもしていないから、こういう場に出てくるのは初めてじゃないか」

「遠目から見ると、まるで異国の少女だな」

「ああ、神秘的にも見える。あんな美しい少女が、本当に世界を滅ぼす力を持っているのだろうか」

貴族の男性たちが、私を見ながらそんな話をしていた。

戦争に行っただけでそう見えるのだろうか？　残念ながら私自身は何も変わっていないのだけれど。

そう思っていると、彼らの言葉を別の男が否定した。

「見た目に騙されるな。大人しそうな顔をして、心の中では何を考えているか分からんぞ」

「だが、彼女はこの国を守るために戦ってくれたのだろう。それに、同行した騎士の話によれば、村人の手当てまでしていたとか」

確かに手当てはしたけれど、単にそれしかすることがなかっただけだ。ちょっとしたことを大げさに言われるのは嫌だな。別に活躍したわけでもないし。

「まあ、それは立派な行動ですわね。それに比べて、ローガン男爵令嬢は……なんでも、我が身可愛さに出征を拒否したとか」

「私の息子も同じ学校に通っているが、聞いた話では、レイツィア公爵令嬢よりもローガン男爵令嬢のほうに問題があるそうだぞ」

話の輪にどんどん人が加わり、話題はアメリアのことに移っていく。

確かに彼女の素行には色々と問題がある。そのせいか、時々私よりも嫌われているのではないかと思えるくらいだ。

「その話なら私も聞いたよ。身分の高い男ばかり選んで媚びを売っているのだろう。その様子はまるで娼婦のようだとか」

「それが事実なら、闇と光のどっちが聖女にふさわしいか分かったもんじゃないな」

そんな話を聞きながら会場の奥へと進み、私は国王陛下に謁見した。

陛下から直々に労いの言葉をもらうなんて、さすがに緊張してしまう。

なんとかそれを終えてから、隙を見て一緒に戦場に行った騎士たちと話をした。たまに私が笑うと、どういうわけかみんな驚き、中には顔を赤くして目を逸らす者もいる。その意味が分からなくて、近くにいた兄とレヴィ殿下を見ると、二人ともなぜか苦笑していた。

その時、不意に聞きなれた声が響いた。

「クローディアっ！」

声のしたほうを振り返ると、そこにアメリアがいた。彼女はこの祝宴に招待されていない。なのに、なぜここにいるのだろう？

みんなの視線がアメリアに向く。

彼女はぐるりと会場を見まわすと、にやりと笑って声高に言った。

「騙(だま)されてはダメよ！　その女は国を滅ぼす闇の精霊王の加護持ちだわ！　過去に闇の精霊王の加護持ちが何をしたか、みんなも知っているでしょう！」

「なっ⁉」

何を言いだすのだ。人々の恐怖心をあおって、私を攻撃しようというのか。

兄が私を守るように抱きしめてくれた。見上げると「大丈夫だ」と優しく微笑んでくれる。

レヴィ殿下も、私の手を強く握って言う。

「何も心配する必要はない」

二人の体温が私を落ち着かせてくれた。

「クローディアは、とても残虐なやり方で敵の兵士を殺してまわったのよ。その牙があなたたちに向かないと、どうして言い切れるの？」

陛下が主催する祝宴でこんな問題を起こすなど、不敬罪に問われてもおかしくない。だが、ヒロインとして自信があるアメリアは、自分の行いになんの疑問も抱いていない様子だ。

アメリアの戯言はまだ続いている。でも、私の心にもう不安はなかった。

大丈夫。私にはお兄様とレヴィ殿下がいる。

そう思って成り行きを見守っていると、騎士の一人が声を上げた。一緒に戦地に行った人だ。

「ふざけるな！　戦場に来なかった奴が、どうしてそんなことを言える」

「分かるわ！　だって私は聖女になる人間だもの」

怒りを隠そうともしない騎士に向かって、アメリアは勝ち誇ったように笑った。

それを見ていた別の騎士も、アメリアの前に進み出て声を荒らげる。

「彼女は誰も殺していない！　俺たちが戦いやすいように、敵の動きを止めてくれただけだ」

「それだって人殺しの手伝いでしょ！　同じようなものよ」

アメリアの言葉に、周囲にいる人々は眉間に皺を寄せた。

当然だ。私はともかく、国を守るために戦った騎士たちをも非難したのだから。

騎士の一人の口から、低くてどすの利いた声が発せられる。

「……俺の友人は以前のガルディアとの戦いで死にました。国のため、友のため、愛する家族のために剣を取り、最期まで戦った友人を俺は誇りに思います。あなたはそんな彼を『人殺し』と侮辱するのですか！」

そう言った騎士の目には、涙が浮かんでいた。よく見ると、他の騎士たちも同様だ。

彼らもガルディアとの戦いで戦友を失くしたのだろう。

「あなたは、今回の戦における我が騎士団の死者数を知っていますか？」

騎士の声は静かなのに、なぜか身がすくんでしまう。気付けば、アメリアの周囲は騎士から放たれる殺気が充満していた。

「ゼロです。レイツィア公爵令嬢のおかげですよ。誰も死なない戦争なんて、今まであありえなかった」

会場にいる多くの人が、アメリアを睨(にら)みつけていた。さすがのアメリアも、今の空気が自分にとってよくないものだと分かったらしく、動揺し始める。

「な、何よ！　まるで私を悪者みたいに。悪役令嬢は、そこにいるクローディアのほうでしょう！」

そう言ってアメリアは私を指さす。そんな彼女を静かに見つめ、私は口を開いた。

「ローガン男爵令嬢、ヒロインも悪役もありませんわ。これは現実であって、小説でも、お芝居(しばい)でもないんですから」

「そんなの分かっているわ！」

彼女も、頭では理解しているのだろう。けれど心がついていけていないのだ。

「でも、私は知っているのよ。クローディアは聖女である私を貶(おとし)めた罪によって国外追放されるの。そしてあなたはガルディアの手先になって、レイシアを滅ぼそうとするのよ。私には分かるわ。だって、私は聖女になるんだもの」

この言葉で我慢の限界がきたのか、レヴィ殿下が怒声を上げる。

「いい加減にしろ！　ここにはそんな妄言を信じる者などいない。お前が聖女にふさわしいと思う者もいないだろう。さっきから聖女、聖女と何度も言っているが、それが何かお前は分かっているのか？　聖女とは国民にとって癒(い)やしの象徴であり、ゆえに教会が認めた者しかなれないものだ。聖女に選ばれた人間には、国民のために祈り、尽くす義務があるのだぞ」

これは小説では描かれていなかった事実だ。アメリアは聖女について詳しく知らなかったに違いない。レヴィの言葉に驚いて固まっている。

「だが、お前の素行(そこう)の悪さは社交界でも有名だからな。お前を聖女にすべきでないという声も上がっている」

アメリアに追い打ちをかけるようにレヴィ殿下は言う。さらに兄がアメリアの前に出て口を開いた。

「この状況じゃあ、君は聖女になるどころか、不敬罪で処罰されると思うよ。陛下の主催するパーティーでこんな騒ぎを起こして。しかも、たかが男爵令嬢ごときが、公爵令嬢である私の妹にそんな態度を取るなんて。光の精霊王の加護持ちは、いつから公爵家より上の立場になったのかな？」

兄の声には、明らかな怒りが滲(にじ)んでいた。でも、アメリアは退(ひ)かない。

「あなたたちは騙(だま)されているのよ！　こんなのおかしいわ！　あなたたちは私のことが好きでたまらないのに、どうしてクローディアなんかの味方をするの⁉」

アメリアは髪を振り乱しながら叫ぶ。

レヴィ殿下は眉間に皺を寄せ、呆れたように言った。

「は？　何をわけの分からないことを言っている。俺たちがお前に好意を持っているだと？　冗談はやめてくれ」

周囲の貴族は、アメリアのわけの分からない言葉に呆然としていたが、やがて呆れや憐れみの言葉を漏らし始めた。

兄もレヴィ殿下の言葉に同意を示す。

「まったくだ。君を選ぶほど女の趣味は悪くないつもりだよ。死んでもごめんだね」

小説の主人公である自分が好かれるのは当然だ——そう思っていたらしいアメリアは、兄とレヴィ殿下の言葉が信じられないのだろう。目を大きく見開いている。

「なっ！　どうして、どうしてよ！」

アメリアはいよいよ取り乱してしまう。すると、今まで黙って成り行きを見守っていた国王陛下が口を開いた。

「そこまでだ。アメリア・ローガン男爵令嬢」

みんなの視線が陛下に向く。アメリアは陛下が自分を助けてくれるとでも思ったのか、目を輝かせていた。

その様子に、会場にいる人々だけでなく、陛下も困惑していた。だが陛下はすぐに表情を厳しくして言葉を続ける。

「ローガン男爵令嬢。そなたが公爵令嬢であるクローディアを軽んじることは許されない」

発せられた言葉は、アメリアの期待を大きく裏切るものだったのだろう。口をあんぐりと開けたまま固まっている。そんな彼女を無視して陛下はさらに続けた。

「国のために戦い、傷付いた者に対する侮辱も許せぬ。ローガン男爵令嬢、牢獄で頭を冷やせ。追って沙汰を申し付ける」

「なっ！　ふざけんじゃないわよ、この木偶の坊。王様のくせに誰が悪役かも分からないなんて、耄碌してんじゃないの。もういい！　グレースっ！　出てきて、こいつらみんなやっつけてよ！」

アメリアの言葉に、会場が凍りつく。

グレースとは、きっと光の精霊王の名前だろう。その怒りに触れることを恐れて、誰もが青ざめる。

だが、いくら待っても何も起きなかった。

「ちょっと、グレース！　どういうことよ！　なんのためにあんたがいると思っているの！　さっさと出てきて、私のために戦いなさいよ！」

すると、金髪に乳白色の肌を持つ、ナイスバディな女性が現れた。どうやら彼女が光の精霊王、グレースであるようだ。

彼女はアメリアを一瞥すると、ふんっと鼻で笑った。

「嫌よ」

そう言って、拗ねた子供のようにそっぽを向く。

「はぁ？　ふざけんじゃないわよ！　どうして私の言うことを聞かないのよ！」

怒りに目を血走らせ、怒鳴るアメリア。

そんな彼女を見ながら、グレースは憂いの表情を見せる。

「幼い頃のあんたの魂は、確かに綺麗だったわ。でもある日を境に、穢れ始めた。いつか己の過ちに気付いてもとに戻ってくれると信じていたけれど、もう限界よ。私はね、あんたの道具じゃないの。誰があんたの言うことなんか聞くもんですかっ」

そう言ってグレースは、またぷいっとそっぽを向いた。

どうやら光の精霊王に害意はないらしいと知り、会場内に漂っていた緊張がいくぶんか和らいだ。だが、それでアメリアの気が治まるわけがない。

「なんなのよ。みんなして私のことを馬鹿にして！　悪いのは全部クローディアじゃない。あんた、ヒロインである私が羨ましいんでしょ！　だからみんなを使って私を陥れようとしているんだわ。私が今すぐ、みんなの目を覚まさせてあげる！」

そう言って、アメリアは隠し持っていたらしいナイフを構えた。

グレースは溜息をつき、兄とレヴィ殿下が身構える。

アメリアはナイフを構えて私に向かって走ってきた。すると、真っ黒な長衣が彼女の行く手を阻んだ。ジェラルドが不敵に笑って影を操り、アメリアの体を雁字搦めにしたのだ。

「あれが、闇の精霊王……」

貴族の誰かのつぶやきが響く。再び会場内に緊張が走った。

ジェラルドの登場により、人々が恐怖で固まったのを見て、アメリアはにやりと嫌な笑みを浮かべる。

「きゃあ！　闇の精霊王よ！　きっと、私たちを殺しに来たのよ！　建国神話と同じように、この国を滅ぼす気かも……」

「貴様っ」

周囲の不安をあおろうとするアメリアを、レヴィ殿下と兄が睨みつける。だが、アメリアは構わずに続けた。

「このままクローディアは闇の精霊王の力を使って、みんなを脅すかもしれないわ。それでもいいの？」

アメリアの言葉に、ジェラルドは馬鹿にするように息を吐いた。

「愚かな。くだらないことをぐだぐだ言うな。クローディアはお前と違って、俺を恨みを晴らすための道具にはしない。だからこそ、俺はクローディアを選んだのだ。お前とは違う」

そう言って、ジェラルドはアメリアを睨みつける。

「ふざけっ……んんっ!?」

ジェラルドは鬱陶しそうに、影でアメリアの口を塞いだ。

「クローディアがもし、お前の思っているような人間なら、この国はとっくに滅んでいる。クローディアはそれだけの扱いを受けてきたからな」

ジェラルドの言葉に、思うところがあるのだろう。かなりの数の人間が気まずそうに目を逸らした。

アメリアは恐怖に目を見開き、放心している。

「二度とクローディアの前に姿を見せるな」

ジェラルドはそれだけ言って姿を消した。

「アメリア・ローガン男爵令嬢を捕らえろ」

陛下の声が会場に響いた。ジェラルドによって影で縛られた彼女は、あっさりと連行されていく。

残された光の精霊王グレースは、彼女の背中を少しだけ悲しそうに見送っていた。

アメリアの姿が見えなくなると、グレースはくるりと私に向き直り、子供のように無邪気な笑みを浮かべた。

「クローディアちゃん、ごめんなさいね。色々と迷惑をかけて。これはお詫びってわけじゃないけど、受け取ってちょうだい」

そう言ってグレースは、私の頭の上に手をかざし、光の粒を降らせた。

私は自分の手や腕を見て驚く。褐色の肌が、グレースと同じ乳白色に変わっていたのだ。

会場にいるすべての人間が、口をあんぐりと開けて言葉を失う。

「あら、ごめんなさい。肌の色まで変えるつもりはなかったんだけど……」

自分の身に何が起きたのか分からない。こんな展開、小説にはなかった。

「あ、あの、何を？」

「祝福を与えたのよ。これで簡単な治癒魔法なら使えるようになるわ」

精霊が人間に己のすべてを捧げるのが加護なら、祝福とは力の一部を授けるものだ。

加護ほどではないが、滅多に与えられるものではない。光の精霊王からの祝福なら、なおさらだ。

兄もレヴィ殿下も、あまりの出来事に口をぽかんと開けたままだった。

そんな周囲の反応を気にもとめず、グレースは妖艶（ようえん）な笑みを浮かべて別れを告げる。

「じゃあね」

「あ、あの、ありがとうございます」

グレースが姿を消すと、会場は騒然（そうぜん）となった。そしてそのまま祝宴はお開きとなったのだった。

それからしばらくして、アメリアはもろもろの行為の責任を追及され、処罰されることが決まった。男爵家はかろうじて残ったが、今後肩身の狭い思いをすることになるだろう。

取り巻きたちは、親に言われてアメリアのご機嫌うかがいをしていただけのようで、彼女を庇（かば）う者は誰もいなかった。

アメリアの母親は下町に戻り、一人逞（たくま）しく生きていると風の噂で聞いた。

第五章

戦の後始末も一段落し、私は日常生活に戻っていた。とはいえ、学校は長期休暇中なので、ずっと家に引きこもっている。

光の精霊王の祝福を受け、肌の色が変わったことで、私の周囲は以前より騒がしくなっている。今まで私を忌避していた人たちが、好意的に接してくるようになったのだ。

周囲の人々がこんなに簡単に態度を変えるなんて、信用できないと思った。いつまた手のひらを返されるか分からない。

アメリアが光の精霊王の加護を失ったことで、小説のバッドエンドは回避できた。けれど周囲の変わり身の早さを思うと、まだまだ気は抜けない。

だから私は、今までと変わらず邸に引きこもり、静かに毎日を送っていた。

そんなある日。自室で本を読んでいたところ、母に呼び出された。母が自ら私に接触してくるなんて、生まれて初めてのことかもしれない。一体なんの用だろうと緊張しながら、私は母の部屋を訪ねた。

母の部屋に入ってすぐ、ソファに座るように言われた。私がその通りにすると、母もテーブルを挟んだ向かい側に腰を下ろす。そして彼女は、なんの前置きもなく口を開いた。

「あなたにお茶会のお誘いがきています」

テーブルの上に、お茶会の招待状がいくつも並べられる。

「私が懇意にしている方々が開くお茶会です」

ほとんど邸にこもりきりの母だけど、付き合いのある人はいるらしい。意外だなと思ってから、私は彼女のことをほとんど知らないと気付いた。

それにしても、母の知り合いが開くお茶会に、なぜ私が招かれるのだろうか。

疑問に思っていると、母が話を続けた。

「貴族の令嬢である以上、横の繋がりは必要です」

「……そのために、これらのお茶会にすべて出席しろと？」

面倒くさい。私が光の精霊王の祝福を受けたからといって、手のひらを返したようにすり寄ってこられるのは嫌だ。こういうところで繋がりを作ることが大事なのは分かるけど、まったく気乗りしなかった。

「そうです」

母の表情は硬い。どう考えても、和やかな親子の会話などできそうになかった。私たちは、今までそういうものとは無縁だったのだから。

「分かりました」

そう言って、用は済んだとばかりに立ち上がろうとすると、母が口を開く。

「あなたが——」

その声を聞いた私は中腰の状態で動きを止め、もう一度ソファに座り直した。

母は膝の上で拳を握りしめ、うつむいている。

「あなたが光の精霊王の祝福を受けたことによって、多くの人々が繋がりを持とうと考えています」

「承知しています」

勝手にもほどがある。今まで忌避してたくせに、簡単に手のひらを返すだなんて。

「私も、今のあなたを前ほど怖いとは思いません。あなたに関する様々な話が私の耳にも入ってきています。あなたは心優しく、勇敢な人物であると。いえ、以前からジョルダンにそう言われていたのです。でも、私はずっと耳を塞いできました。本当はジョルダンの言うことが正しいと分かっていたのに」

今さらそんなことを言われて、簡単に信じられるとでも思っているのだろうか。私たちの間にある過去はそんな幸福なものじゃなかったはずだ。

「私もそろそろあなたに向き合わなければならないと思っています。逃げてはいけないのだと。でも、あなたに対する態度を変えるつもりはありません。だって、今さらでしょう？　これまでのことをなかったことにして、普通の母親らしい態度なんて取れません。それでも私はあなたに歩み寄りたい」

母は一息に言って、私をまっすぐ見つめた。その目には、今まで見たことがないくらい、強い意志が宿っていた。

対して、私は自分の心がよく分からなかった。

怒り、悲しみ、喜び。

その三つの感情が私の中に同時に存在して、喧嘩している。

ただ、やっぱり怒りが一番強かった。

「本当に、今さらですね」

私の言葉を聞いて、母は握りしめた拳にグッと力を入れた。悲しげに揺れる瞳が、私の心をさらにざわつかせる。

父もそうだった。私が冷たい態度を取ると、自分のほうが被害者であるかのように傷付いた顔をする。では、私は彼らを傷付ける加害者なのか？

「そんな話をすること自体が、卑怯だと思いませんか？　私はあなたにとって、大切な息子を傷付ける恐れがある危険な存在だったはずです。それが、肌の色が変わって、戦場に行って周囲の評価がよくなっただけで、こんなにあっさり変わるなんて」

自分の非を認めることが悪いことだなんて思わない。でも、だからといってすぐに受け入れられるわけがない。私は自分が受けた傷を忘れていないのだから。

「それだけではありません。あなたはシルフォンスに何もしてはいなかったのでしょう？」

「ええ。けれどあの時、あなたは私の言うことを信じてはくれなかった」

「っ、……ごめんなさい」

謝罪なんていらない。そんなのが欲しいわけじゃない。

「私は謝罪なんか求めていません。だって、許すつもりがないのですから」

「……っ」

「私の肌の色が変わっても、私を取り巻く人の態度が変わっても、過去は変わりません。あなた方がしたことは、なかったことにはならないのですよ」

母は目に涙を溜めている。膝の上で握りしめた拳は震えていた。まるで弱い者虐めをしているようだと心の中で自嘲する。

「分かっているわ」

　自責の念にかられているのだろう。うつむいた母の目から涙が零れ落ちた。それらは母の膝と手を濡らしていく。

「……ただ、先ほどの『態度を変えるつもりはない』という言葉には好感が持てました。確かに、急に態度を変えられても、私はより一層あなたのことが嫌いになるだけでしょう」

　私は母が好きではない。でも、このままの関係ではいけないとも分かっていた。

「お茶会には参加します。それから、あなたが今後も私と話がしたいというのなら、世間話ぐらいは付き合いましょう」

　母は驚いたように私を見つめた。

「勘違いしないでくださいね。あなたのことをすべて許したわけではありません。これが私にできる、最大限の譲歩です」

「ええ、ええ。分かっているわ。それでも、ありがとう……」

　そう言って母は泣いた。

　私の心はぐちゃぐちゃだった。

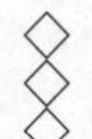

私は、母に言われた通りお茶会に出席した。

今日のお茶会には伯爵位以上の家の令嬢が集まっていたが、私より少し年上の人たちばかりで、顔見知りはいなかった。

「お初にお目にかかります、レイツィア公爵令嬢」

主催者の令嬢が声をかけてくる。

「噂には聞いていましたが、本当に美しいですわね。その髪も目も」

「……ありがとうございます。そのように褒めていただけたのは、初めてですわ」

「まあ！　他の方々は、きっと見る目がなかったのですね」

私の皮肉に、彼女はさらりと笑顔で返す。一筋縄(ひとすじなわ)ではいかない令嬢のようだ。

それから、何人かの令嬢と似たような挨拶(あいさつ)を交わし、私たちは席に着いた。

みんな、とても友好的な笑みを私に向けている。ここは貴族令嬢として同じように笑顔を見せるべきだろう。けれど私の表情筋は動かなかった。

しばらく他愛もない話をしたあと、ある令嬢が口を開く。

「レイツィア公爵令嬢は、もう婚約者をお決めになったのですか？」

それまでとは違う真剣な視線が、一斉に私に向けられた。

これが今日の本題ということか。

貴族女性の行うお茶会は、平民からはただのお遊びに見えるかもしれない。だが、実際はそんな生易しいものではない。笑顔と褒め言葉で飾り立て、やり取りされる情報は、彼女たちの人生を左右することもある。

「さあ……どうなのでしょう？　父と兄が色々と考えているようですが、私は何も知らされていませんわ」

これは本当のことだ。光の精霊王から祝福を受けて以来、縁談はいくつか届いているようなのだが、誰からどういう話がきているのか私はまったく知らない。そしてそれらの縁談は、父と兄が片っ端から断っているらしい。

「まあ、ご自分のことですのに？」

「ええ」

驚いて心配するような表情をしているが、目の前の令嬢からは私に対する優越感が見てとれた。

「失礼ながら、あまり親子仲は良くないとうかがっていますが、そのせいですの？」

初対面で聞くにしては、本当に失礼すぎるのではないだろうか。

そんなことを考えながらも、私は気にしないふりをして答えた。

「別に仲が悪いからというわけではありませんわ。邪推なさらないでくださいませ。きっと私に似合う方が見つかれば、話してくださるでしょう。それぐらいの会話はしていますわよ」

「そ、そうなのですね。それは何よりですわ」

私の言葉に険があったからか、相手の令嬢は若干顔を引きつらせた。すると別の令嬢が話しかけてくる。

「レイツィア公爵令嬢は、両王子殿下と親しくしていらっしゃるのですわよね？」

「ええ。エドガー殿下はクラスメイトですし、レヴィ殿下は兄の友人ですから。それなりに親しくさせていただいておりますわ」

このお茶会に集まったのは、伯爵家以上の家柄の娘。つまり全員、王子と婚約できる資格を持っているのだ。だから彼女たちは、私から両殿下の情報を引き出したいと思っているのだろう。

「お二人と婚約についての話をなさったことは？」

「ありません。いくら友人とはいえ、異性とそのような話をするのは気恥ずかしいですわ。ですから、その手の話題には触れないことにしていますの」

「そうなんですのね……」

なんの情報も得られず、令嬢はややがっかりしたようだった。

「話は変わりますが、レイツィア公爵令嬢は普段お家で何をして過ごしていらっしゃいますの？」

これ以上婚約者の話を続けても、何も情報が得られないと思ったのか、彼女たちは話題を変えることにしたらしい。

「読書が多いですね。兄とお茶することもありますわ」

「まあ、それは素敵ですわね」

「リアム様とはどのようなお話をされるのですか？」

なるほど。彼女たちの意図が読めてきた。

殿下たちの情報だけではなく、兄の情報も引き出したいらしい。兄は名門レイツィア公爵家の次期当主だし、それなりに見目もいい。殿下たちに次ぐ、嫁ぎ先の有力候補といったところか。

「主に学校のことでしょうか」

「リアム様のご学友の話なども聞かれるのですか？」

身を乗り出すような真似はしないけれど、彼女たちの顔には必死さが滲み出ている。

「兄の話はレヴィ殿下のことがほとんどですわ」

「リアム様はとても紳士的で格好いいですから、きっと恋人がいらっしゃるのでしょうね。そのような話は聞かれないのですか?」

痺れを切らしたのか、一人の令嬢が核心を突く質問をしてきた。みんなの視線が獲物を狙う獣のそれになる。うわ。怖い。

「そのような話を妹の私にするはずがありませんわ。同性ならともかく、異性の兄妹となると恥ずかしくて、そういった話題は避けるのではなくて?」

私はにっこりと笑ってこの話題を早々に切り上げることにした。聞かれても兄の恋人のことなど知らないのだから。

「みなさんのご兄弟の話も聞かせてくださいな」

その後は適当に話を合わせて、なんとかお茶会を終えたのだった。

お茶会から帰ると、執事のジョルダンが申し訳なさそうな顔をして迎えてくれた。

「お疲れのところ申し訳ありません。旦那様がお呼びです」

母ほどではないが、父が私を呼び出すのも珍しい。

次から次へと、なんなんだろう。

さすがに嫌気が差しそうになりながらも、私は父の執務室へ向かった。

「来たか、クローディア」

「お呼びだとうかがったのですが」

「ああ」

父は用がない限り私を呼ばない。母にはお茶会へ参加するように言われたが、父も何か要求するつもりなのだろうか。

「もしかして、婚約者の件でしょうか？」

「いや、それとは別だ」

私は父の言葉を少し意外に思った。縁談以外で、呼び出されるようなことはないと思うのだが……。

「では、なんでしょう？」

父はすぐには答えなかった。目を左右にせわしなく動かしたり、机の上で組んだ手を閉じたり開いたりして、何か様子がおかしい。呼び出したはいいけれど、言おうかどうしようか迷っている感じだ。

「お前の侍女になりたいという者が、急に何人も現れてな。雇い入れたいと考えているのだが、一応お前の意思を確認しておこうと思ったのだ」

その言葉を聞いて真っ先に思い浮かんだのは、幼い日のこと。緊張のあまり私に紅茶をかけたり、呼んだだけで失神したりする侍女たちの姿だった。

「お前には、長いこと侍女がいなかっただろう。お前の世話はジェラルド殿に任せていた。だが、それは普通の公爵令嬢ではありえないことだ」

「ええ、よく分かっておりますわ」

私は無意識のうちに鼻で笑ってしまった。

「生憎、私は普通の令嬢ではないので、仕方がありませんわ」

今さら何を言っているのだろう。まさか、私が喜ぶとでも思ったのだろうか。冗談じゃない。

「しかし、今までとは状況が違う」

「だから、受け入れろと？」

父は申し訳なさそうに眉尻を下げた。やはり言うべきでなかったと後悔しているのだろう。

「……お前の言いたいことは分かる」

「いいえ！　分かっていませんわ。何も分かっていない。公爵、私が喜んでいるとでも思っているのですか？　この状況を！　人から手のひらを返したように急に好意を向けられ、たくさんの縁談が持ち込まれ、お茶会の誘いまで受けましたわ。みなが私を褒め称えますの。『黒い髪も目も、美しいですわね』と」

私は今、どんな顔をしているのだろう。

笑っているのか、泣いているのか、無表情なのかすらも分からない。だって自分が何を感じているのか分からないのだ。自分がここ最近抱いている感情がなんなのかが。

「侍女になりたい人が何人も現れた？　だからなんです？　私が喜ぶとでも？」

素直に喜べるはずがない。私に侍女がいないのはそんな簡単に片付けられる問題じゃないのだ。

「私のことを恐れて、誰も近付かなかった。私はいつも仕方がないと思って、すべてを呑み込んできました。侍女に何度お茶をかけられても、ただ声をかけただけで失神されようとも。私は普通の令嬢とは違うから、仕方がないのだと思ってきました」

だって、私は悪役令嬢なのだ。だから仕方がないと思ってきた。過去に闇の精霊王の加護持ちがしたことなど、自分には関係ないと思いながらも、仕方がないのだと受け入れてきた。己（おのれ）に言い聞かせてきた。

愛されないことは仕方のないこと。

忌避されるのは仕方のないこと。

これは、誰にもどうすることもできない問題なのだ。

そう思って生きてきた。

「こんなに簡単に、今までのすべてが帳消しになるのなら、なぜ私の傷は消えないのですか？　こんなに簡単に、すべてがなかったことになるのなら、なぜ私は今、こんなにも苦しいのですか？」

それは誰に対する問いかけだったのだろうか。自分でもよく分からない。

「何一つ喜べませんわ。人から向けられる好意が、私にはすべて悪意に見えます」

それも私が悪いのだろうか。この状況を素直に受け入れられない私に問題があるのだろうか。

「せっかくのお話ですが、お断りいたします。では、失礼いたしますわ」

気が付けば私は父の部屋を辞し、そのまま邸を出ていた。もう日が傾いているのに、私の足はどんどん邸から遠ざかっていく。

頭の中がぐちゃぐちゃだった。自分がどこに向かっているかも分からないまま、ただただ歩き続けた。

あたりが真っ暗になって歩き疲れた頃、偶然見つけたベンチに腰を下ろした。

しばらくぼーっとしていると、私の前に、ここにいるはずのない人が立っていた。

「お嬢さん、一人でこんなところにいたら、俺のような悪い男に攫われてしまいますよ」

「レヴィ殿下……」

どうして彼がここに……というか、ここはどこだろう。

周囲に人気はなく、静まり返っている。

「こんな時間にどうしたんですか？」

「それはこっちのセリフなんだけどね」

彼は少し困ったような顔で言い、私の隣に腰を下ろした。

「ジェラルド殿に呼ばれたんだ」

「ジェラルドに？」

そういえば、ジェラルドがいない。彼が私のそばを離れたことなんて、今まであっただろうか。いや、それ以前に、私は彼がいなくなったことにちっとも気付かなかった。

「レイツィア公爵との間に何があったかも、全部聞いた」

「そうですか……」

レヴィ殿下は何も言わず、ただ私の隣にいてくれた。

長い沈黙のあと、私は再び口を開く。

「今の状況についていけないんです。ずっとモヤモヤした感情が私の中に渦巻いていて、それが気持ち悪い」

「それは仕方のないことだと思うよ。何もかもが急に変わりすぎた。君はそれに戸惑っているだけだ。戸惑うあまりに、『クローディア』という存在が置いてけぼりにされてしまったんだな」

レヴィ殿下の言葉を聞いて、不意に涙が零れ落ちた。

「君は強いわけではない。ただ強がっていただけだ。クローディア、自分の置かれた状況を理解することは大切だよ。でも、君が今しなければいけないことはそれじゃない。まずは、どうして君が『クローディア』という存在を置き去りにしてしまったのかを、一番に考えてあげないといけないんだ」

「私が、私を置き去りにしているのですか？」

レヴィ殿下の言っている意味が分からなかった。状況の変化についていけていないのは事実だけれど、私は私を置き去りにしているつもりはない。

「ああ。君は強くあろうとするあまり、弱い自分を放置してしまったんだ。今君が混乱しているのは、誰にも気付いてもらえなかった弱い君が、限界を迎えているからだろう。俺が見てきた君は、人に嫌われることを当然だと受け入れているようだった。けれど本当は、ずっと傷付いていたんだ。それを誰にも言わないどころか、自分でも見て見ぬふりをしてきたんじゃないか？」

だって、仕方がないじゃないか。頑張ってコミュニケーションを取ろうとしても、みんな私のことを怖がる。何も悪いことはしていないのに、いつの間にか私がしたことになっている。

……私は傷付いていたのだろうか？　傷付きすぎて疲れたのだろうか？

「そうしてずっと我慢してきたのは、君自身が『忌避(きひ)される存在』であることに捕らわれていたからだ」

そうだ。前世の記憶がある私は、この物語におけるクローディアの役柄を知っている。悪役令嬢クローディア。私の知っている彼女は、弱さなんて見せなかった。周りに嫌われても、だからどうしたとつっぱね、殺されるその瞬間まで傲慢(ごうまん)に振る舞い続けたのだ。

この世界に決められたストーリーなんて存在しない。そう思ってきたのに、心のどこかでは悪役令嬢であることに捕らわれていたらしい。

なんて愚(おろ)かなのだろう。これではアメリアのことを笑えない。

「おいで、クローディア。今は思いきり泣くといい。君にはその権利がある。涙と一緒に、今ある感情をすべて外に吐き出してしまえ。そうすれば、今よりきっと楽になるから」

そう言って、レヴィ殿下は私の肩を抱く。

この日、私は初めて誰かの前で泣いた。

思いきり泣くと、心がすっきりして、とても楽になった。

レヴィ殿下が「やっと君の笑顔が見れた」と私に笑いかけてくれる。

そのあと、レヴィ殿下に送ってもらって邸へ戻った。

邸ではジェラルドと執事のジョルダン、そして兄のリアムと弟のシルフォンスも待ってくれていた。

シルフォンスが泣きながら私に抱きついてくる。

リアムとジョルダンは私の姿を見て、ほっとしたように息をついた。

かなり心配をかけてしまったと気付き、私は「ごめんなさい」と謝るのだった。

それから数日経った。いろんな人が親しげに話しかけてくることへの戸惑いは消えないが、以前のようにわけの分からない感情に支配されることはなくなった。

それでも人と会う気にはなれず、邸の図書室で本を読んでいると、レヴィ殿下がやってきた。

「やあ、元気？」

「レヴィ殿下、ごきげんよう。おかげさまで、もう大丈夫です」

私がそう答えると、殿下はにこりと笑った。

「そう。よかった。実は一つだけ聞きたいことがあってね。この前はそれどころじゃなかったから控えたんだけど、今聞いてもいいかな？」

「ええ。なんでしょう？」

「君のもとに、かなりの数の縁談が舞い込んでいるみたいだね。どうするつもり？」

どうしてだか、今日のレヴィ殿下はあまり機嫌がよくないようだ。

「どうするも何も、私は公爵家の人間ですから、家のためになるなら誰にでも嫁ぎますよ」

「そう」

よく分からないけれど、レヴィ殿下は少し悲しそうな顔をした。何か悪いことを言ってしまっただろうか？

「でも今のところ、父と兄が片っ端から断っているみたいです」

そう答えると、レヴィ殿下は溜息をついた。

そこへジェラルドが現れる。

「クローディアよ、そこの王子が聞きたいのは、そういうことではないと思うぞ」

普段は私以外の人の前にあまり姿を見せないくせに、珍しいこともあるものだ。レヴィ殿下は驚いた様子もなくジェラルドに微笑みかける。

「こんにちは、ジェラルド殿」

「呼び捨てで構わん」

胸の前で腕を組み、不遜な態度でジェラルドは言った。

「どうしたの、ジェラルド。出てくるなんて珍しいわね」

「お前があまりにも鈍いからな」

「え？」

「クローディア、お前自身は縁談の件を、どう思っているのだ？　そこの王子は家のことは抜きにして、お前の考えが聞きたいのだと思うぞ」

どうって……

レヴィ殿下のほうを見ると、ジェラルドの言う通りだったらしく、苦笑されてしまった。

「私個人として……そうですね、正直なところ、疑心暗鬼になっています。前までは縁談なんて諦めていましたので、この状況はもしかしたら喜ばしいことなのかもしれません。でもやっぱり、素直に喜べないのです」

将来は、修道院にでも入ればいいかと思っていた。バッドエンドを回避することが最優先事項だったので、結婚することなど、はなから考えていなかったというのもある。

だが状況が変わり、縁談がくるようになったのなら、私も貴族令嬢として家のために結婚することになるとは思う。

「祝宴の日から、人々の私を見る目は一変しました。私と親しくなろうとする人が現れ、縁談だけでなくお茶会のお誘いもきています。純粋に嬉しいと思う反面、冷静になって考えてみると、『何を今さら』とか、『ふざけるな』とか、色々な感情がわき上がってきて……自分でもよく分かりません」

「まあ、当然だろうね」

レヴィ殿下が同情するように言う。

「だからお前の父や兄は縁談を片っ端から断っているのだろうな」

ジェラルドは正しい選択だというふうに頷いた。

「そういうことなら、とてもありがたいわ。一時よりは落ち着いたけれど、今はまだ周囲の態度の変化についていけてないいし、すり寄ってくる人たちと積極的に関わる気にはなれないもの」

私の言葉を聞いたレヴィ殿下が再び口を開く。

「じゃあクローディアは、今すぐ誰かと結婚する気はないってこと？」

「はい」

私が頷いたのを見て、レヴィ殿下はほっとしたように「そう」と言った。その反応を不思議に思って見つめると、彼はいつものように優しく微笑んでくれる。

その笑みを見ると、なぜか急に気恥ずかしくなって私は目を逸らした。

レヴィ殿下は窓の外に一度視線を移してから、私のほうに向き直る。

「ねぇ、クローディア。ちょっとだけ出かけない？」

「特に予定もないので構いませんよ」

そう答えたら、レヴィ殿下は嬉しそうに笑った。まるで子供のように笑うので、私の顔がさらに熱くなる。いつも落ち着いていて頼りになるレヴィ殿下の、意外な一面が見られて嬉しい。

「じゃあ、行こうか」

私はレヴィ殿下に手を引かれて図書室を出た。いつの間にか、ジェラルドは姿を消していた。

「ここは？」

馬車に乗り、レヴィ殿下に連れられてきたのは、学校の敷地の外れにある塔の前だった。

人気がないのは、学校が休みだからというだけではないだろう。塔は古びていて、今にも幽霊が出そうな雰囲気だ。こんなところにわざわざ来たがる人はめったにいない。

「俺のお気に入りの場所。嘆きの塔って呼ばれている」

「不気味な名前ですね。怪談にはもってこいだと思います」

「そうだね」

あはははと笑いながら、レヴィ殿下は塔に近付き、錆びた扉を開けた。

ギギギギと軋むような音を立てて扉が開く。その隙間から一気に風が入り込んで、塔の中を駆け巡った。まるで女の人の嘆き声のような音が鳴る。

「だから、嘆きの塔……」

「そういうこと。さっ、行こう」

私はレヴィ殿下に続いて階段を上った。

「時間的にはちょうどいいと思うんだ」

「何がです?」

「見てのお楽しみ」

レヴィ殿下は意味深に笑った。ここへ来る前にも外の様子を気にしていたし。何か関係があるのだろうか?

表情をうかがおうにも、私の位置からは彼の背中しか見えない。

「ここは、もともと見張り台だったみたいだよ。昔はこのあたりが戦場になることもあったから、この塔が建てられたんだ。そういう歴史も含めて、この塔は『嘆きの塔』と呼ばれている」

「そうだったんですね」

てっぺんまで上ると、大きく開けた場所に出た。目の前には夕暮れに染まる、とても美しい景色が広がっている。

不思議だ。夕日なんて見慣れているはずなのに、ここで見る夕日は格別に美しい。こんなに綺麗な景色を、私は今まで見たことがなかった。

「クローディア」

「はい」

レヴィ殿下はとても真剣な顔をしていた。これから何か重要なことでも話すのだろうか？

「君を取り巻く環境が変わって混乱している時に、こんなことを言うのは卑怯なのかもしれない」

「殿下？」

どうしたのだろう？　心なしかレヴィ殿下が緊張しているように見える。

「本当は、君が社交界デビューしてから言おうと思っていた。でも、君に縁談がいくつもきていると聞いてね。ちょっと焦っているんだ。こんなことを言っては、次期国王としての資質を疑われるかもしれないな。けれど後悔はしたくないから、伝えさせてほしい」

レヴィ殿下は、すぅっと息を大きく吸ってから言った。

「俺は君が好きだ。君が闇の精霊王の加護持ちだとか、光の精霊王の祝福を受けたとか、レイツィア公爵令嬢であるとか、そんなこととは関係なく、君のことを想っている」

何を言われたのか、すぐには分からなかった。

しばらくして理解した途端、一気に顔が熱くなる。

「クローディア、君は知らないみたいだけど、俺も君に結婚を申し込んでいるんだよ」

「そ、それは……知りませんでした。でも、どうして……私を、その……好いてくださったのですか？」

「どうしてって言われると、ちょっと難しいかな。最初は俺に媚びを売ってこない令嬢が珍しくて、興味を持った。そして友人として付き合ううちに、忌避されながらも人への優しさを失わず、自分を貫く君を尊敬するようになったんだ。それだけじゃない。普段は無表情なのに、時々いろんな表情を見せてくれて、それが嬉しくて……今日はどんな表情を見せてくれるのかなって、気が付いたら目で追っていた」

レヴィ殿下はまっすぐ私を見て言う。

「そういうちょっとしたことが一つ一つ積み重なって、君を好きになったんだ。すぐに応(こた)えてくれる必要はない。たまに二人だけで話をしたり、これまでみたいに一緒に出かけたりして、少しずつ俺のことを意識してくれたらいいと思っている。俺は君が答えを出すまで待つつもりだ」

待ってくれるのはありがたい。何せ、前世も含めて恋なんて一度もしたことがないのだ。

混乱している私の気持ちを察したのか、レヴィ殿下は安心させるように笑いかけてくれた。

「……ありがとうございます。正直なところ、私は恋というものが、よく分からないのです。だから殿下と一緒に過ごしながら考えてみたいと思います」

「ありがとう」

レヴィ殿下はそう言って微笑む。その笑顔を見ていると、なぜか胸が高鳴った。

その数日後。レヴィ殿下から『お忍びで下町に行かないか』という手紙がきた。部屋でその返事を書こうとしていると、兄がやってきて言った。

「レヴィの奴に誘われたんだろう。返事は俺がしておいた。明後日(あさって)なら空いてるとな」

「……私は断ろうと思っていたのですけど」

「なぜ?」

兄は意外そうな顔をしたが、私は淡々と理由を述べる。

「肌の色が変わったとはいえ、私の容姿は目立ちすぎます。正体がバレたら殿下にだって危険が及ぶでしょう」

「大丈夫だろ。アイツは結構強いし、お前にはジェラルド殿がついている。お忍びとはいえ護衛もつくだろうし、何も問題はない」

「でも……」

レヴィ殿下は王太子。つまり次期国王陛下だ。彼の身に何かあったらまずい。やっぱり、安全面を考慮してやめたほうがいい気がする。

「鈍(にぶ)い奴だな。これはデートの誘いだ」

「……デート?」

兄がにやりと笑った。人をからかう時の笑い方だ。

「告白されたんだろ、レヴィに」

それを聞いた途端、カーッと顔が熱くなり、体温が一気に上昇した。

「な、なんで知って……」

「知らなかったが、今知った」

……カマをかけられたのか。

「お前のことだから、まだ答えは出してないんだろう？」

「……異性として好きかどうか、私にはよく分からないので」

「なら、一緒に過ごす時間を増やせばいい。そうすれば、早く答えが出るかもしれないだろ」

「……分かりました。行ってきます」

そうして私は、レヴィ殿下と下町に行くことになった。

「大丈夫？　疲れてない？」

下町を歩きながら、レヴィ殿下が優しく聞いてくる。

「はい。大丈夫です」

私たちは平民の服を着て、その上にフード付きのコートを羽織(はお)っている。レヴィ殿下は顔を、私は髪の色を隠すためにフードを被っており、お忍び感満載(まんさい)だ。

「疲れたら遠慮なく言ってくれ」

「はい。ありがとうございます」

彼は優しく微笑み、私を気遣ってくれる。

「レヴィ殿下は、よく下町に来られるんですか？」

「レヴィ、と名前で呼んで」

「ですが……」

「さあ」

殿下を呼び捨てにするのは抵抗がある。けれど彼は結構頑固なところがあるので、結局はこちらが折れるしかないのだ。

ちらりと彼を見上げると、私に名前を呼ばれるのを笑顔で待っていた。

「……レヴィは、下町によく来るんですか？」

「できるなら敬語もやめてほしいんだけど……」

レヴィ殿下……もといレヴィの言葉に、思わず固まってしまう。そんな私を見て、彼は苦笑した。

「それはまあ、おいおいでいいか。……俺は、下町にはちょくちょく来るよ」

「意外です」

「そう？　確かに王宮から一歩も出ない王族も珍しくない。でも、エドガーもよく来ているよ」

そういえば、エミリーと出会ったあの日、エドガー殿下はお忍びで下町に来ていた。懐かしい思い出に、私の心がほんのりと温かくなる。

「父上も、俺たちぐらいの年齢の頃はよく来ていたみたいだよ」

「では、下町の人は知らないうちに王族と接しているのかもしれませんね」

「そうだね。クローディアもよく来るの？」

「いいえ。たまに遊びに来るだけです」

誰も私のことを知らない場所でのんびりと歩くのは、いい気分転換になる。

「そうなんだ。クローディアは下町に来たら、いつもどこに行くの？」

「特に決まった場所を訪れるわけではないんです。適当にブラブラして、目にとまったお店に入るくらいで」

「じゃあ、俺と同じだ。今日もそんな感じで、適当にブラブラしようか」

「はい」

そう答えると、レヴィは満足そうに笑いながら私の手を握り、指を絡めた。驚く私を見て、彼は悪戯（いたずら）が成功した子供のような顔をする。

「手を繋ぐだけだよ。ダメ？」

「……いいえ」

繋いだ手から、彼の体温が伝わってくる。先日告白されて、男性として意識してしまっているのか、心臓の音がやけにうるさい。彼にも聞こえてしまいそうだ。

男の人とこういうふうに手を繋いだのは初めてだ。私は恋愛などとは無縁の世界で生きてきたし、こんな日はこないと思っていたのに。

なぜか恥ずかしくて仕方がなくなり、熱くなった顔をうつむけてレヴィから隠した。

私とレヴィは当てもなく町を歩き、お互いが気になった店に入って……という、とてもラフなデートをした。

さんざん歩きまわって疲れた私たちは、近くの喫茶店に入る。人目につきにくい席を選び、コートを脱いで座った。すると唐突にレヴィが言った。

「よかった」

「え？」

「今日は久しぶりにクローディアの笑顔が見れた。このところ色々あって、疲れていただろう？　君はもともと表情の変化が乏しいけれど、ここ最近は特に硬くなっていたから」

「……ご心配をおかけして申し訳ありません」

自分では気付いていなかったが、そうなのかもしれない。

今日は久しぶりに余計なことを考えず、純粋に楽しむことができた。

レヴィは、私を元気付けるために外へ連れ出してくれたのだろう。そう思うと、とても嬉しかった。

「今日はありがとうございます。レヴィのおかげで、すごく楽しかったです」

「そう言ってもらえると嬉しいよ。また来ようね」

「はい」

それからレヴィは、私を邸(やしき)まで送ってくれた。

その間ずっと、私の心は温かかった。


長期休暇が明け、私は緊張しながら登校した。肌の色が変わって初めての登校は気恥ずかしいし、どういう反応をされるのか分からなくて怖い。

けれど、クラスメイトたちの反応は、思ったよりも落ち着いていた。

「話には聞いていたけれど……」

「実際に見ると……」

「違和感ありありだね」

エミリー、リリー、エドガー殿下は、真っ白になった私の肌を見て、そう感想を述べた。

「私もいまだに慣れないわ。鏡を見ると、『これは誰？』って思うもの」

私の言葉を聞いて、リリーがまじまじと見つめてくる。

「まあ、十四年も鏡で見ていた肌の色が急に変わったのだから、そうなるでしょうね。……なんだか、美しさが二割増しになったみたいで、悪い虫が寄ってきそうですわ」

リリーはそう言って、「前から美人ではあったのだけれど……」と付け加えた。

「驚いたけれど、どんな姿になってもクローディアがクローディアであることに変わりはないわ」

にっこり笑ってエミリーが言うと、みんなも頷いてくれた。

よかった。安心するとともに、体の力が抜けていく。

その時、ロナルドが教室に入ってきた。

「おはよう。噂には聞いていたけれど、実際に見ると違和感があるね」

「おはよう、ロナルド」

私が挨拶を返すと、ロナルドは人当たりのいい笑みを浮かべて言葉を続ける。

「前から素敵だったけど、今の君も素敵だよ」

「ありがとう」

「ロナルド、クローディアを口説くつもりなら、もれなく兄上とやり合うことになるぞ」

エドガー殿下がからかうように言う。

「レヴィ殿下と？　それは遠慮したいな。私はここで退散させていただこう」

にっこり笑ってロナルドは自分の席に戻っていった。

彼は人当たりがよくて誰にでも平等に接するので、男女問わず人気がある。こういう冗談めかした会話が自然にできることも、彼が人から好かれる理由の一つだろう。

「ねえ、クローディア。光の精霊王の祝福を受けたと聞いたけれど、肌の色が変わった以外に何か変化はないの？」

エミリーが興味深そうに聞いてくる。

「治癒魔法が使えるようになったんだけど、まだ試したことはないし……実感できる変化は特にないわね」

「そうなんだ」

見た目がちょっと変わっただけで、他にこれといった変化はない。

新たに光の精霊王の祝福が加わっても、私が私であることに変わりはないのだ。

大切な友人たちに勇気付けられ、そう思うのだった。

「レイツィア公爵令嬢」

放課後、帰宅しようとしていると誰かに呼び止められた。

声のしたほうを振り向けば、一人の男が立っている。身なりはきちんとしているが、なんだか嫌な雰囲気だ。

「何か？」

私が尋ねると、彼はズカズカと遠慮なく近付いてきて、すぐ目の前に立った。思わずうしろへ下がったら、その男は一歩踏み込み、私が空けた距離を詰めてきた。

「なぜ、近付くのですか？」

「話があるからです」

「とはいえ、こんなに近付かなくてもよいのではありませんか？」

なんなんだ、この男は。はっきり言って気持ち悪い。

「そうですね。でも、私はあなたと近くで話がしたいのです」

「近くでなければできないような話なら、私は失礼しますわ」

身を翻（ひるがえ）そうとすると、男が私の手を掴んだ。その瞬間、不快な感覚が、ぞわりと体を駆け巡る。

同じ男性でも、レヴィ殿下に触れられた時にはこうはならなかったのに。

「待ってください。私の気持ちを受け取っていただけませんか」

「言っている意味が分かりません」

思わず眉を寄せてしまう。初対面の相手に何を言っているんだ。

「私はあなたを愛しています。どうかこの想いを受け取っていただきたい」

「お断りします。私はあなたのことをまったく存じ上げません」

「では、今から知っていただくということで……」

「知りたいと思わないので、遠慮します。手を離してください」

背後でジェラルドが動く気配がした。このままでは、この男が危険だ。そう思って離れようとするけれど、彼は手の力を緩めずさらに詰め寄ってくる。

「つれない方ですね。私は――」

「やめてくれるかな」

男の言葉を遮ったのは、いつの間にか近くに来ていたレヴィだった。

「ひっ……殿下……」

男はレヴィを見て顔を引きつらせる。

「彼女は俺が口説いている最中なんだ。以前からクローディアと仲良くしていた者ならともかく、ぽっと出の男に近付かれるのは、非常に不愉快だ」

「レヴィ……」

レヴィは私に優しく微笑んだあと、男を睨みつけた。それはもう、足がすくむほど冷淡で鋭い目つきだった。

「その手を離せ。そうすれば、今回のことは見逃してやる。でも、次はないぞ」

「は、はいぃぃ」

レヴィに凄まれ、男は尻尾を巻いて逃げていった。

「大丈夫かい？」

「はい。ありがとうございました」

「家まで送っていこう。また同じようなことがあっては大変だ」

「ですが……」

不安はあるけれど、それでもレヴィに送ってもらうのは気が引けた。それに私にはジェラルドがいる。

「送らせて。君に想いを寄せる男として、ああいう輩は許せない」

「はい」

さらりとこういうことを言われると反応に困る。慣れていないから、どういう顔をしていいか分からない。

「ところでクローディア、そんなに擦（さす）ると赤くなるよ」

私は男に掴まれた手首を、無意識のうちにずっと擦（さす）っていたらしい。レヴィが止めてくれたものの、すでに少し赤くなっていた。

レヴィはごく自然な動作で私の手を取り、手首にそっと口付けた。

「っ⁉」

「これで気持ち悪さはなくなっただろう？」

顔が一気に熱くなり、私は口をパクパクさせる。それを見て、レヴィは嬉しそうに笑った。

そこへジェラルドが嫌そうな顔をして現れる。

「小僧、調子に乗りすぎだ」

「君がもっと早く助けてくれればよかったのに」

レヴィは肩をすくめて言った。

「お前が近くにいるのは気配で分かっていたから我慢したんだ。俺が下手に介入して、よからぬ噂を立てられては困るからな。クローディアの見た目が変わったからといって、人間どもの俺に対する恐怖が薄れたわけではない」

「そうだね」

「だからお前がクローディアを守れ」

そう言って、ジェラルドは再び姿を消した。

「さて、ジェラルド殿にも任されたし、そろそろ行こうか」

「ご迷惑をおかけしてすみません」

なんだか申し訳ない。私がしっかりしていなかったせいで、こんなことになるなんて。

「迷惑なわけないだろう。好きな子の役に立てるのは嬉しいよ。遠慮なく頼ってくれるとありがたい」

レヴィはそう言って屈託なく笑う。それが眩しくて、私の顔はますます熱くなるのだった。

それから数日経った、ある日の午後。私はエミリーとリリーと、学校のサロンで優雅にティータイムを過ごしていた。

「で、クローディアって、レヴィ殿下とどうなの?」

エミリーが声を潜めながら、単刀直入に聞いてきた。リリーも身を乗り出し、食い入るように私を見つめてくる。

「どう、と言われても困るのだけれど……」

彼女たちのことは信用しているので、なんでも話せる。だが、私には恋愛経験がないので、どう話していいのか分からず、迷いながら口を開いた。

「告白されて、お忍びで下町を散策したわ」

「まあ！　デートしたのね！」

黄色い歓声を上げ、彼女たちは頬を染める。

貴族の令嬢は親に決められた人と結婚するのが当たり前。けれど、だからこそ、みんな恋愛にあこがれているのだ。他人の恋愛にも興味津々(きょうみしんしん)で、喜々として相談相手になってくれる。

「レヴィ殿下からは当然、結婚の申し込みも届いているのよね」

確認するようにエミリーが尋ねてきた。

「ええ、そう聞いているわ」

私の答えにリリーが食いつく。

「それで、お返事はしたの？」

「まだ……」

そう答えた私を、エミリーとリリーは信じられないという目で見つめてくる。

「なぜですの？」

「だって、好きだと言われても、自分が彼をどう思っているのかよく分からないもの」

私の言葉を聞いて、二人は唖然としていた。深い溜息をついたあと、リリーが子供に問いかけるような口調で言う。

「レヴィ殿下と一緒にいて、どういう気持ちになりますか？」

「どうって？」

「ドキドキしたりとか……」

私はレヴィ殿下と一緒にいる時の自分を思い出しながら答えた。

「常にしているわ」

この前、下町でデートした時だって、手を握られただけで心臓がバクバク鳴ってうるさいくらいだった。それを聞いてキャーッと盛り上がる二人に、教えてほしいことがあった。

「……そういえば、聞きたいことがあったの」

「なんですの？　なんでも聞いてください」

エミリーが嬉しそうに身を乗り出して言う。

私は先日知らない男に手首を掴まれた時、すごく不快に感じたことを話した。

「それで、何が疑問なんですの？」

リリーの質問に、エミリーも私を見た。

「レヴィ殿下に手を握られた時には感じなかったのに、どうして他の方に対しては不快感を抱いたのかが分からなくて……」

私がそう言うと、リリーは唖然とし、エミリーは呆れたように息を吐いた。

二人とも、どうして分からないいんだと言いたげだ。

「完全に恋愛初心者ですわね」

エミリーの言葉に同意するようにリリーも頷く。

「無理もありませんわ。今まではクローディアの魅力に気付く男がなかなかいませんでしたから」

「それもそうですわね。だからこそ、今さら寄ってくる男には怒りを覚えます。私は断然レヴィ殿下を応援したいですわ」

エミリーが私の顔をまっすぐ見て、いつになく真剣な表情をする。

「クローディアは、レヴィ殿下と一緒にいると、ドキドキするのでしょう？　なら、私はクローディアの中で、すでに答えが出ているように感じます」

意味が分からず、怪訝な顔をする私に、二人は温かい目を向けてくれた。

「クローディア、ある特定の男性と一緒にいるだけでドキドキしたり、その人以外の男性に触れられると不快に感じたりするのは、恋ですわ」

「恋？　私が？　レヴィ殿下に？」

「ええ」

人差し指をピンと立ててエミリーが言う。

「想像してごらんなさいな。レヴィ殿下が自分以外の女性と寄り添っていたら、どう思います？」

言われた通り想像してみたら、すごく嫌だった。

胸のあたりがチクチクと痛んで、醜い感情がわき上がってくる。

私の表情から何かを察したのか、リリーはうんうんと頷きながら言う。

「好意がなければ、なんとも思わないはずですわ。もし怒りや不快感を覚えているのであれば、それは嫉妬というものです」

それを聞いて、私は目を見開いた。

「……本で読んだことはあるけれど、自分が嫉妬するなんて思いもしませんでしたわ」

エミリーはすっかり冷めてしまった紅茶を一口飲んで、喉を潤してから再び口を開いた。

「レヴィ殿下のことですから、クローディアの気持ちに気付いていらっしゃると思いますわ」

テーブルをバンッと両手で叩き、リリーが言う。

「そうね。きっと、クローディアが自覚してくれるのを待っているはず！」

リリーはいつになく強引な様子で私を立たせる。

「クローディア、善は急げですわ。さっさと告白して両想いになるのです」

「レヴィ殿下から縁談がきているということは、両陛下も二人の仲を認めているのですから、なんの障害もありませんわ」

エミリーは戸惑う私に満面の笑みを見せる。

「分かったわ。行ってきます」

そう言って、私はある場所へと駆け出したのだった。

サロンを出た私は嘆き(なげ)の塔に向かった。レヴィと約束していたわけじゃないけど、なんとなくそこにいる気がしたからだ。そして予想通り、彼はそこにいた。

「レヴィ」

あの時と同じように塔の上から景色を眺めていたレヴィは、私が現れたことに驚いている。

「どうしたの？　何か用事？」

「はい。実は、その……」

勢いでここまで来てしまったが、なんと言っていいか分からない。長い沈黙が続いたあと、私は意を決して口を開く。

「さっき、エミリーたちと話していて気付いたことがあって。その、私……レヴィが好きです」

言った。言ってしまった。

全身の血が沸騰（ふっとう）したかのように熱く感じる。

レヴィはしばらく呆然としていたけれど、やがて子供のように無邪気な笑みを浮かべて私を抱きしめた。

「レ、レヴィ!?」

驚く私をさらに強く抱きしめたあと、顔を覗（のぞ）き込んで言う。

「本気にしていいの？　俺は王族で、厄介（やっかい）なしがらみがたくさんある。結婚したら君に苦労をかけるだろう。でも、ここで君が拒否しなければ、もう逃がしてあげられないよ？」

「……はい。構いません。レヴィとともに歩めるのなら」

レヴィが熱を帯（お）びた目で私を見つめる。私たちはしばらく見つめ合ったあと、互いに引き寄せられるように口付けを交わした。

「やっと二人が想いを通じ合わせましたね、エドガー殿下」

エミリーと俺は学校のサロンで、お茶を楽しんでいた。誘ってきたのはエミリーだ。

彼女は優雅にお茶を飲みながら、テーブルの上に置かれたクッキーをつまむ。

「そうだな」

向かいに座る俺もお茶を口に運んだ。こういう時のマナーは、母にさんざん教育され、体に染みついている。

「クローディアを取り巻く状況が変わって、兄上も焦ったのだろう」

「確かに、周囲の変わり身の早さには驚きましたわ。いかにも計算高くて貴族らしくはありますが、腹が立つくらい現金でしたものね」

「まあな。でも、所詮はその程度の人間ということだし、気にかける必要もないだろう。ああいう連中はすぐに裏切る。信用するだけ損というものだ」

王族として生きてきた俺は、そのことをよく知っている。

ティーカップに口をつけたまま、エミリーは上目遣いで俺を見た。

「私は、てっきりエドガー殿下はクローディアのことが好きなのだと思っていましたわ」

「俺がそんな素振りを見せたことがあったか？」

「入学する前から殿下はクローディアに心を許していたので、そう思い込んでいたのですが……改めて考えてみるとなかったですね」

エミリーはあっさり勘違いを認める。

「だろう。けれど兄上のほうは、母上が開いたお茶会で初めて会った時から、クローディアのことを気に入っていたしな」

「そうなんですの？」

エミリーの驚く顔が可愛くて、思わず頬が緩む。

「兄上は、リアムの妹だというだけで、お茶会で女と二人きりになりはしない。それも長い時間話し込むなんて、気に入ったのでなければありえないよ」

兄上がクローディアを気に入ったことは、あのお茶会の時から、なんとなく感じていた。だから俺は、大事な兄上を取られるように感じて、ちょっと気に入らなかったのだ。

少し考えてからエミリーは、頭に疑問符を浮かべて言った。

「でもあれは他の令嬢たちから逃げる口実ではなかったのですか？」

実はエミリーもあのお茶会に招待されていたのだ。クローディアと兄上の話で持ちきりだったから、昔のこととはいえよく覚えているのだろう。

「まあ、それもあるだろう。でも、クローディアは王族との結婚が可能な公爵家の人間だ。下手に勘違いされると困るから、ただ逃げるためだけにあんな誤解を招くような態度は取らないよ」

「一理ありますわね」

エミリーは納得顔で言った。彼女は多分気付いていないだろうけれど、心を許した相手の前だと気が緩むのか、思っていることがすぐに顔に出る。俺はそれを好ましく思っていた。

「今思えば、お茶会で兄上がクローディアを誘った時点で、こうなることは決まっていたのかもしれない」

「レヴィ殿下なら、結婚相手として問題ありませんわね。今後もクローディアを利用しようとする者や、戦場に送ろうなどと馬鹿を言う者が現れるかもしれません。でも王家の人間なら、そういった者から彼女を守れるでしょう」

「ああ。俺もそう思う」

エミリーは冷めてしまったお茶を飲み、苦笑する。

「少し羨ましいですわね。想い合う人と結ばれるなんて。私たち貴族は、基本的にそういうこととは無縁ですから」

「そうでもないぞ」

きょとんとするエミリーに、俺はにやりと笑う。

「俺とお前の縁談が持ち上がっている」

「ええ、うかがっていますわ。陛下というよりも、王妃様のご提案でしょうね」

「俺じゃあ、不足か？」

エミリーは意味が分からなかったのか、目を丸くしたまま固まる。そんな様子がちょっと面白くて、俺は悪戯が成功したような気持ちになる。

「……何がでしょう？」

「結婚相手として、俺では不足か？」

「……いいえ、それは光栄なことではないでしょうか」

その言葉を聞いて、俺は満面の笑みを浮かべた。

「じゃあ、決まりだな」

「はい？」

エミリーは首を傾げる。まだ意味が分かっていないのだろう。

「お前が了承したのだから、俺たちは晴れて婚約者同士になった。母上にはそう報告しておく」

兄上がクローディアを逃がすつもりがないように、俺もエミリーを逃がすつもりはないのだ。

「はぃぃぃぃぃっ!?」

急な展開に驚くエミリーに、俺は爽やかな笑顔を向ける。

「これからよろしくな、エミリー」

どうやらエミリーにとっては想定外の出来事だったようで、呆けた顔がとても可愛かった。

第六章

私がレヴィに告白したあの日から、あっという間に婚約の話が進んでいった。すぐに書類が準備され、陛下と王妃様、私の両親がサインをする。そうして数日後には、私は正式にレヴィの婚約者になっていた。

同時に、エドガー殿下とエミリーの婚約も決まった。義理とはいえエミリーと姉妹になれるのはとても嬉しい。けれど、幸せなことばかりでかえって不安になってしまう。

私はまだ十四歳で、社交界デビューできる年齢ではない。だから十六歳のデビューと同時に婚約パーティーを開くことになっている。同じくエミリーとエドガー殿下の婚約パーティーも行われる予定だ。

婚約してからというもの、レヴィは人前であろうと構わず甘い言葉をささやいたり、やたらと体を寄せてきたりする。

レヴィがそんな態度なので、私と彼が付き合っていることはたちまち学校中に知れ渡った。

祝福の声もかけてもらえるが、蔑(さげす)まれることも多い。レヴィは王太子で、整った容姿だ。だから彼を狙う令嬢は多く、私は目の敵(かたき)にされている。

ある日、私とレヴィがお昼を食べていると、何人かの令嬢が徒党を組んでやってきた。

「殿下、おいたわしいことですわ。そんな女のご機嫌取りをしないといけないなんて」

一人の令嬢が私を上から下まで値踏みするように見つめ、クスリと笑った。

「黒い髪に黒い目なんて、本当に地味ね」

貴族の令嬢は、金や銀など華やかな色の髪と目を持つ者が多い。そんな中、髪も目も真っ黒な私は確かに地味と言えた。

「殿下、お気を付けください。光の精霊王の祝福を受けているといっても、その女はそもそも闇の精霊王の加護持ち。何をするか分かったものではありませんわ」

別の令嬢も頷(うなず)いて口を開く。

「そうですわ、殿下。それに、光の精霊王の加護持ちだった男爵令嬢がどういう人間だったか、よくご存じでしょう。その女もあの無礼者と大差ないですわ」

アメリアがどういう人物であっても、私とは関係ない。けれど目の前の令嬢たちは、まるで私たちの性格が精霊によって決められているかのような物言いをする。

「下手に近付かないほうがいいですわ。そのうちあの男爵令嬢のようにつけ上がって、何を要求するか分かりませんわよ」

「本当に。あの女は男爵令嬢の身分でありながら、マナーというものを知らない、貴族の恥さらしでしたし」

「それは君たちも同じだろう」

それまで静観していたレヴィから、冷たい言葉が放たれる。

令嬢たちは信じられないという目でレヴィを見た。彼女たちはきっと、レヴィが同意してくれるとでも思っていたのだろう。

「俺はクローディアを愛している。それに、彼女との婚約については、すでに両陛下からもお許しをいただいた」

レヴィの言葉に、令嬢たちはうろたえた。

「そんな！　いくら精霊王の加護持ちだからって……」

「俺はそれだけで彼女を選んだわけじゃない。仮に彼女を好きになっていなかったとしても、君たちのような人間を選ぶことはない。自分のために他人を陥れようとする汚らしい人間なんかはな。失せろ。目障りだ」

蝶よ花よと大事に育てられてきたであろう彼女たちは、『汚らしい』などと言われたことはないはずだ。

しかも、まがりなりにも好意を寄せている相手に言われたのだ。

彼女たちは目に涙を浮かべて、逃げるように去っていった。

私の周りには、彼女たちのような者もいるが、何を言われても以前より傷付かなくなっている。

生まれてからずっと硬かった表情には柔らかさが出てきた自覚もあり、エミリーからは今までよりもよく笑うようになったと嬉しそうに言われた。

それは間違いなくレヴィやエミリーたちのおかげだ。

私は心の中で彼らにそっと感謝した。

楽しい毎日はあっという間に過ぎて、私たちは社交界デビューが許される十六歳を迎えた。

レヴィは学校を卒業し、次期国王として王宮でしごかれているようだ。とても忙しくしているが、それでも彼は時間を見つけて会いに来てくれる。

春の柔らかな日差しが感じられる今日この頃。私とエミリーも婚約パーティーを一ヶ月後に控え、準備に忙殺される日々を送っていた。

そんなある日、私は兄とともにレヴィに呼び出された。二人で王宮へ行き、レヴィの執務室へ入る。

部屋に漂う空気は重い。レヴィは申し訳なさそうな顔をしており、兄はその理由を知っているのか、深刻な顔をしている。

「ごめんね、忙しい時に」

「いいえ。何か、大事な話があるのでしょう？」

レヴィの執務室には、私たち三人以外に誰もいない。レヴィは執務机の椅子に座っており、そのうしろに兄が立つ。私はレヴィの前に立った。

「実はね、ここ最近、クローディアのもとに暗殺者が送り込まれてきているんだ」

思わぬ言葉に少し驚いてしまう。

「それは気付きませんでした」

「君が気付く前にジェラルドが処理しているからね。暗殺者は基本的に君が寝たあとにしか来ないみたいだし」

レヴィは机に両肘をついて手を組み、その上に顎をのせる。

穏やかな口調ではあるが、そこからはまぎれもない怒りを感じた。

「ジェラルドが捕らえてくれた暗殺者を拷問した結果、ガルディア王国から差し向けられたことが分かった」

レヴィは嘆息しながら「あの国は本当に困ったものだ」とぼやく。兄は不快げに眉間に皺を寄せて言った。

「彼らは二年前の戦のことを根に持っているみたいでね。それに加えて、クローディアとレヴィの婚約が正式に発表された。闇の精霊王の力を持った君が、王妃になることを恐れているのかもしれない」

ガルディア王国との戦いは、ジェラルドのおかげで圧勝だった。彼の加護を持った人間が王族に加われば、脅威と考えるのは当然だろう。

先に手を出してきたのは向こうなのに、理不尽に怖がられるなんて、さすがは悪役令嬢。そんなふうに冷静に思えるのは、今は一人じゃないからだ。昔の私なら平気な顔をしていても、内心はとても傷付いていたかもしれない。

レヴィは目を細め、手元の報告書を見つめていた。それは強く握りしめられ、皺が寄っている。

「暗殺者を送り込んでいるのは、ガルディア王国の王太子カルロスの線が濃厚だ」

「カルロス王子というと、二年前の戦争を仕掛けた人ですよね」

私の言葉に、レヴィは静かに頷く。

「捕らえた暗殺者はクローディアを殺すよう命じられただけで、その理由までは知らないらしい。けれど、面白い情報を一つ手に入れることができた。我が国の宰相アルファー公爵がガルディアと手を組んでいるという情報だ」

はっきり言って全然面白くない。宰相は、国の機密を知る立場だ。政治の中枢にいて、国王陛下の相談役にもなる。そんな人間が国を裏切っているなんて。

「このことは引き続き調査させているし、宰相にも見張りをつけている。クローディア、君には次期王妃として、協力してほしい」

レヴィの真剣な目が私をとらえる。

そうだ。レヴィと結婚するとは、そういうことだ。ただ好きなだけではダメなんだ。

「分かりました」

私は決意を新たに頷いた。レヴィは満足そうに笑ったあと、心配そうな顔をする。

「クローディア、君を王太子妃にすることに反対している者もいる。その理由の一つに、君が闇の精霊王の加護持ちだということがある」

「はい」

それは分かっている。世界を滅ぼす力がある人間を、王太子妃にするのは危険だろう。

「それだけではなく、自分の娘を王太子妃にするため、君を排除しようとする輩もいる。十分に気を付けてくれ」

「承知しました」

話が終わると、まだ仕事があるというレヴィと兄を残して、私は執務室を辞した。

王宮の廊下を歩いていたら、名前を呼ばれた。

「クローディア」

振り向くと、そこにはリリーが立っていた。

「リリー、どうしたの？　珍しいところで会うわね」

「お父様が邸に忘れ物をしたから、お城へ届けに来たの。ちょっと気分転換に外へ出たかったし、そのついで」

そう言ったリリーは、いつもと比べて元気がない。はきはきとしゃべる人なのに、今日は言葉が聞き取りづらいくらい声がか細かった。

「そう。何か心配事でもあるの？　元気がないわよ」

リリーの顔を覗き込むと、彼女は少し迷ったあと、口を開いた。

「ねぇ、このあと時間はある？　ちょっと相談に乗ってもらいたくて……」

いつも明るい笑顔のリリーなのに、珍しく表情が暗い。本当にどうしたんだろう？

何かあったんだろうか？

「いいわよ」

私はリリーの馬車に乗り、彼女の邸へ向かうことになった。自分が乗ってきた馬車は邸に帰し、リリーの邸に行くとジョルダンに伝えるよう御者に頼んである。

リリーは馬車の中で一言も話さず、重い空気が流れていた。

「リリー、どうしたの？」

「……うん」

話しかけてもうわの空で、私の言葉も頭に入っていないようだ。

結局馬車の中では、会話らしい会話をすることはできなかった。

邸に着いて、リリーの部屋に案内されてからも、彼女は口を閉ざしたままだ。

テーブルの上の紅茶が冷め、それに気付いた侍女が新しく淹れ直してくれた頃、ようやくリリーは重い口を開いた。

「実は、相談っていうのは、婚約者のグレイソンのことなの。グレイソンはあなたに散々失礼なことをしてきたから、本当は彼のことをあなたに相談すべきではないと分かっているんだけど……でも、私もどうしていいか分からなくて……」

確かに、グレイソンとは色々あった。彼はアメリアの取り巻きの一人だったし、私にないわ」

「グレイソン様からは、とっくの昔に謝罪の言葉をいただいているし、もう気にしてい

暴言を吐いたこともある。

アメリアがいなくなったあと、グレイソンと私は和解した。それからも、別に親しく

していいるわけではないが、以前のように険悪な空気になることもない。

「ありがとう。グレイソンは、本当はいい人なのよ。ただ、お父様には逆らえないらし

くて。アメリアと一緒にいたのも、お父様の期待に応えようとした結果なの。私もあの

時はグレイソンの態度に腹を立てていたけれど、あとからきちんと話してみたら、彼自

身もとても悩んでいたと分かって……だからって許されるわけではないのだけど。本当

にごめんなさい」

そう言って頭を下げてから、リリーは本題に入った。

それは、ここ最近のグレイソンの様子がおかしいということだった。

「普段なら私の話をちゃんと聞いてくれるのに、いつもうわの空で、空返事ばかりなの

よ。何か悩んでいるように見えたから、何度か聞いてみたんだけど……『なんでもない』

の一点張りで、教えてくれないの。それに気になることを言っていて……」

「気になること？」

なんだろう？　レヴィたちの話を聞いたばかりだから、とても気になる。それに関係することだろうか。

「ええ。『知れば、お前にも危険が及ぶかもしれない』って。それ以上は、何も教えてくれなかったわ」

グレイソンの父、アルファー公爵はガルディアと通じている可能性がある。もしかして、グレイソンはそのことに気付き始めているのだろうか。

「リリー。グレイソン様から直接話を聞きたいわ。彼をここへ呼んでもらえる？　できれば今すぐ」

ひょっとしたら、グレイソンは宰相の企（たくら）みに加担させられているのかもしれない。もしそうなら、早急に手を打つべき案件だ。

「できなくはないけど、いいの？」

リリーはまだ私とグレイソンの関係を気にしているのか、躊躇（ためら）いがちに聞いてくる。

「ええ。お願い」

「……分かったわ」

それから一時間ほどして、グレイソンがやってきた。

リリーは私がいることをグレイソンに伝えていなかったのか、部屋に入ってきた彼はける。

私を見て驚いている。

彼はリリーに促(うなが)され、困惑したまま私の向かいに腰かけた。その隣にリリーも腰か

けたの

「リリーから聞きましたわ。何か悩みがあるようですね。しかも、知れば命の危険が伴(ともな)

うほどのことだとか」

グレイソンは苦虫を噛み潰したような顔をしたが、私は構わずに続ける。

「それってもしかして、アルファー公爵と関係しているのかしら」

するとグレイソンは急に表情を変え、食いついてきた。

「何か知っているのか？」

やはり、私の考えは当たっているようだ。

「あなたが話してくれたら、話しますわ」

その言葉を聞いて、グレイソンは隣に座るリリーを見た。

「すまないが、君は席を外してくれ」

「嫌よ！　私も聞くわ。私はあなたの婚約者なのよ」

リリーは強い口調で訴える。聞くまで頑として動かないと言わんばかりだ。

「ダメだ！　知れば、君も母上みたいに殺されるかもしれないんだ！」

グレイソンの口から発せられた言葉に、リリーと私は驚愕した。

彼の母は、二年前――ちょうどアメリアが転入してきた頃に亡くなった。だが、殺されたなんて物騒な話ではなかったはずだ。

リリーは顔を青くして尋ねる。

「どういうこと？　お母様は馬車の事故で亡くなったはずじゃ……」

「そ、それは……」

グレイソンは自分の失言に気付いたようだが、一度口に出してしまった言葉はもとには戻らない。上手く誤魔化すこともできずに、グレイソンは黙り込んでしまった。

「グレイソン様、何も知らなければ、リリーは自分の身を守ることができません。そのほうがかえって危険かもしれませんわ。闇の精霊王の眷族をリリーの護衛としてつけます。彼女の身に危険が及ばないように私も協力しますから、話してみてはくださいませんか？」

リリーを守るにしても、彼女自身もある程度事情を知っているほうがいいだろう。

「クローディア……」

「レイツィア公爵令嬢。それはありがたい申し出だが、どうしてそこまでしてくれるんだ？」

「別にあなたのためだけというわけではないのです。私も大切な友人であるリリーを失いたくはありませんから」

　グレイソンは、膝の上で手をぎゅっと握りしめていた。リリーはその手にそっと触れる。

　彼は溜息をついてから、ようやく重い口を開いた。

「最近、久しぶりに会った叔父から、母の事故には、不審な点があったという話を聞いた。母は実家に向かっていたはずなのに、事故が起きた場所は、そのルートから大きく外れていたらしい。道が狭い上に崖が多くて、貴族が乗る大きな馬車が通れるようなところではなかったんだ。それを知った時、俺はどうしてか分からないけど、父が母を殺したんじゃないかと思って……」

「そんなのありえないわ！　だって、あなたのご両親はとても仲が良かったじゃない」

　思わずと言った感じでリリーが口を挟む。

「分かっている！　でも、僕は思い出したんだ。母が亡くなる直前、両親が何か言い争っていたことを。両親が喧嘩するところを見たのは、あれが最初で最後だった。思えば、その頃から父の様子がおかしかった気がする」

　グレイソンはそこで言葉を区切り、唇を噛みしめた。

「何か大変なことが起きているように感じて注意していたら、父が頻繁に隠れて人と会っていることに気付いた。夜中に何度も家を抜け出すから、こっそりあとをつけてみたのさ。父が会っていた相手は、なんだか普通とは違った雰囲気を持っていた」

「どういう雰囲気なんですの？」

私が尋ねると、グレイソンはなぜか言いにくそうに口を閉ざしてしまった。

「何を気にしているのか知らないけれど、なんでも話してちょうだい」

もしかしたらガルディア王国の人間かもしれない。これは詳しく聞く必要がある。

グレイソンはその時のことを思い出しているのか、考えながら口を開いた。

「……雰囲気が王族の方々に似ていると思ったんだ。命令することに慣れているというか、そんな感じがした」

宰相と繋がっている可能性があるのはカルロス王子だと聞いた。なら、グレイソンが見たのは彼なのかもしれない。

「彼らは何を話していたのですか？」

「具体的に何を話しているかまでは聞き取れなかった。ただ『クローディア』とだけは聞こえてきて……」

グレイソンは口ごもりながらちらりと私を見た。

彼もリリーも、どうして私の名前が出てきたのか分からないらしく、難しい顔をしている。

けれど私はレヴィの話を聞いていたので、宰相の口から私の名前が出たと知っても驚かなかった。

「そう」

私の名前が出たということは、やはり暗殺者の件と関係があるのだろう。だが、これだけでは決め手に欠ける。

それに、そのあたりの判断は私がしていいことではない。だから私は、グレイソンの話をレヴィや兄とも共有するため、彼とリリーを連れてもう一度登城することにした。

ジェラルドの眷族を通して、レヴィにはあらかじめ訪問することを伝えておいた。すでに人払いがされていたのか、執務室までは誰とも会わずに行くことができた。

執務室では兄とレヴィが待っていて、早速話をするように促される。急な展開に困惑しつつも、グレイソンは私とリリーにした話をもう一度してくれた。

話が終わると、レヴィは少し考えてから口を開いた。

「……分かった。話してくれてありがとう。さて、ここからは極秘事項になる。私がこれを伝えるのは、君たちが本件の関係者であり、場合によっては保護の対象にもなるからだ。いいね」

レヴィの言葉に、二人はごくりと唾を呑み込み、お互いの手を握り合って頷く。

レヴィは彼らに、ガルディア王国が私の命を狙っていること、宰相がその手引きをしているかもしれないことを話した。

レヴィの話は、二人にとっては信じがたいものだっただろう。それでも彼らは口を挟まず、最後まで話を聞いていた。

すべて聞き終えたグレイソンは、今にも倒れてしまうんじゃないかというぐらい真っ青だった。そんな彼を心配して、リリーがそばに寄り添う。

「グレイソン、さっき君が話したこと以外で、何か気になることはないか？　どんな些細なことでも構わない。思い出してくれ」

グレイソンはしばらく考えてから「そういえば、傷が……」とつぶやいた。

「傷？」

兄が聞き返すと、グレイソンは頷く。

「はい。母が生前、言っていたんです。父の体の古傷が消えていたと。昔、暴漢に襲われた母を庇って、父はわき腹に傷を負ったんです。かなり深いもので、痕が残ってしまったとか。その古傷が、なぜか消えていたそうです」

レヴィが怪訝な顔をして、グレイソンに確認する。

「夫人は、傷が消えた理由を公爵に尋ねたのか？」

「はい。でも父は言わなかったと聞いています。母が死んだのは、その数日後のことでした」

グレイソンは表情を曇らせながらもそう答えた。

「それと最近、父の腕には今までなかったはずの、あざのようなものがあって……もしかしたら、母はそれについても何か知っていたかもしれません」

グレイソンの言葉に頷いたレヴィは、しっかりと釘を刺す。

「このことは決して誰にも言うな」

それはグレイソンだけでなく、この場にいる私たち全員に向けて発せられた言葉だった。

グレイソンは躊躇いながら、けれど意を決したようにレヴィを見て尋ねる。

「殿下、あの……やはり母は、父に殺されたんでしょうか？」

「まだ分からない。そのことも含めてこれから調査する」

レヴィの顔には疲れが見え隠れする。上手く隠しているから誰も気付いていないけれど、私には分かった。

「私も手伝います」

私が手伝うことで彼の負担を減らせるかもしれない。けれどレヴィは、眉間に皺を寄せて言う。

「クローディアが調査に加わる必要はない」

「ありますわ。今狙われているのは私なのでしょう。私は守られるだけなんて、絶対に嫌です」

そのまましばし見つめ合う。私が引き下がりそうにないことを悟ったレヴィは、両手で顔を覆って溜息をついた。

「あぁーっ。分かった。ただし、俺の命令は絶対に聞くこと。それから、俺の目の届かないところで勝手に無茶をしないこと。それができないなら、すぐにやめてもらうよ?」

「分かりました」

私とレヴィの話が終わると、今度はグレイソンが口を開く。

「殿下、僕にも協力させてください」

その言葉に、私とレヴィだけでなく兄とリリーも驚いていた。

本当にいいのだろうか? もしかしたら、彼の父親を捕縛することになるかもしれないのだ。そうなれば当然、領地は没収され、爵位も剥奪となるだろう。

レヴィはグレイソンの真意を見極めようとしているのか、目を細めて彼を見つめた。

「理由を聞いても?」

「『相手が誰であろうと、間違ったことを正せる人間になれ』。それが幼い頃、父に教えられたことでした。そして、それがゆくゆくは国を支える立派な宰相になることに繋がるのだと。僕は今までたくさん間違ったことをしてしまったけれど、父の言うような人間になれるよう努力したい。だから、僕にも父の間違いを正す機会をください」

そう言って、グレイソンは頭を下げた。

彼の言葉に嘘はない。それは目を見れば分かる。レヴィも同じことを感じたのか、グレイソンの申し出を受け入れた。

それからグレイソンは、リリーに向き直って言う。

「リリー、話は聞いていたね。僕の父はとんでもないことをしたかもしれない。そのことできっと君に迷惑をかけるだろう。だから、婚約は白紙に戻させてくれ」

けれどリリーはそれを拒否した。

「嫌よ! 私はあなたの婚約者よ。何があっても、それを変えるつもりはないわ。万が一、あなたが貴族ではなくなったら、どこか田舎でのんびり暮らしましょう」

彼女はそう言って笑った。

「……ありがとう、リリー」

グレイソンは涙ぐみながら、何度もリリーにお礼を言う。

そんな二人の様子を、私たちは温かく見守っていた。

この二人を絶対に不幸にさせてはならない。そう思った私は、二人にこっそりジェラルドの眷族をつけて守ろうと決めた。

話が一段落したところで、レヴィがリリーに言う。

「マインド侯爵令嬢。君は、グレイソンに対する人質にされる可能性があるので、申し訳ないがしばらく王宮で保護させてもらう。窮屈な思いをさせることになると思うが、信用できる護衛をつけ、なるべく不自由のないように手配しよう。リアム、護衛の件は頼んだぞ」

「了解。口が堅くて腕が確かな奴を選んであげるよ」

「よろしくお願いいたします」

リリーとグレイソンはレヴィと兄に頭を下げる。

そんな二人を見て、レヴィは満足げに微笑んだ。

「次に宰相の件だが……」

そうレヴィが切り出した瞬間、グレイソンの肩がわずかに震えた。覚悟は決まっているようだが、尊敬する父親が敵国と通じているかもしれないなんて、そう簡単に受け止められるものではない。

「宰相の部屋を探るのが一番手っ取り早いだろう。まず、俺とクローディアで彼の気を引こう。ちょうど婚約パーティーもあることだし、それについての相談という名目で宰相の邸を訪ねる。俺たちが宰相と話している間に、グレイソンは彼の部屋を探ってくれ」

「お任せください。殿下」

「了解しましたわ」

グレイソンに続き、私もしっかりと頷いた。ただ守られているだけなんて嫌だ。少しでも役に立てるのなら立ちたい。だって、これは私の問題でもあるのだから。

翌日、私とレヴィはアルファー公爵邸を訪れた。

応接室に通されてしばらくすると、宰相であるアルファー公爵がやってきた。彼は挨拶をしてから向かいの席に座り、すぐに口を開いた。

「婚約パーティーの件でしたね」

「ああ。事前に手を打っておくべき問題もあるから、一度打ち合わせをしておきたくてな」

「問題とは……カルロス王子の訪問ですか？」

カルロス王子の訪問？　それは初耳だ。婚約パーティーに彼が来るというのか。

私はちらりとレヴィを見たが、彼は涼しい顔をしている。

「知っていたのか。耳の早いことだな」

そういう情報は事前にきちんと教えておいてほしいものだ。

そんなことを思いながら、些細な表情の変化も見逃すまいと宰相を観察する。

だが、さすがは一国の宰相を務めるだけはある。彼はカルロス王子の訪問について、本当に困ったというように眉尻を下げていた。表情だけ見ていると、とても彼がカルロス王子と繋がっているとは思えない。

「これでも宰相ですから。それよりも、よろしいのですか？　このような穏やかでない話の場に、婚約者とはいえ女性を同席させて」

「構わない。彼女はいずれ王妃になる身だ。それに、この程度で怖気付くような女性ではない。そうでなければ、二年前、戦場に立てたはずがないだろう？」

私が戦場に立つ原因を作ったのは宰相だ。レヴィはそのことを持ち出して挑発し、反応を見るつもりなのだろう。獲物を狙う鷹のような目で宰相の顔をうかがっていた。

だが宰相は「ははは。そんなこともありましたな」と笑って受け流す。

彼はなかなかに厄介な相手らしい。

レヴィもこれ以上は無理だと判断したのか、話を婚約パーティーに戻す。そして私たちは、グレイソンのためにできるだけ時間を稼ぐのだった。

「さすがに証拠が簡単に見つかるわけないよな」

レヴィ殿下とクローディアが父と話をしている間、僕……グレイソンは父の書斎で父とガルディア王国の繋がりを示す証拠を探していた。

どこを探せばいいか見当がつかず、手当たり次第に引き出しを開けたり、本棚から本を取り出して開いてみたりしてみる。だが、証拠になるような物を無造作に置くほど、父は愚かではない。

自分ならどういうところに隠す？　父ならどこが安全だと考える？

焦る心をなだめ、必死に考える。

父のことを考えていると、不意に脳裏に母の声が浮かんだ。

「そうだ。あの時、母は――」

僕は壁に掛けられている古い時計を見つめた。

『あの人ってね、昔から物を隠す場所が決まっているの。書斎に時計があるでしょう。あれにはちょっとしたからくりがあってね、中が二重になっていて、そこに本ぐらいの大きさの物なら収納できるスペースがあるのよ。あの人はそこによく物を隠すんだけど、バレてないと思っているんでしょうね。女の勘を舐めないでほしいわ』

そう言って母は楽しそうに笑っていた。

「母上。あなたは本当に父上に殺されたんですか？　父上、あなたは本当に母上を殺したんですか？」

そう口にしたところで返ってくる答えはない。真実は自分で見つけるしかないのだ。

部屋にあった椅子を時計の下に持っていく。その上に乗って時計を壁から外し、母に言われたことを思い出しながら開けてみる。するとそこには、一冊の日記が入っていた。

何かの手がかりになるかもと思い、そっと開いてみる。

そこには、予想もしなかったことが書かれていた。

「なんてことだ!?　まさかそんな……っ」

信じられない気持ちで日記を読み進めていくと、絵が描かれているページがあった。

絵の才能なんてまったくない父だったが、それでも何が描いてあるかぐらいは分かる。

そしてその絵の下には、父の字で恐るべきことが書かれていた。

「これは……」

早くレヴィ殿下に見せなければ。

そう思った瞬間、頭に鈍い痛みを感じ、体が椅子ごと床に倒れた。

日記を読むことに夢中になっていたせいで、背後に人がいることに気付かなかったらしい。意識までは失わなかったものの目の焦点が合わず、自分を襲った者の顔を認識することができない。

「愚かな親子だ。知らなければ、まだ他の道があったというのに」

その人が剣を振り上げるのが、かろうじて分かった。

ザシュッ。

嫌な音がした。そう他人事のように思う。自分が斬られたはずなのに、痛みを感じなかったからだ。あまりのことに、感覚が麻痺しているのかもしれない。

体から溢れる血液が、白い絨毯を赤く染めていく。

流れ出る血が体温を奪っているのか、徐々に寒さが押し寄せてきた。このままではまずいと思うのに、体は動いてはくれず、助けを呼ぶこともできない。

自分は死ぬのだと、本能的に悟る。

その時、脳裏(のうり)に浮かんだのは婚約者のリリーの顔だった。

「……リリー、ごめん」

一筋の涙が零(こぼ)れ落ちる。

リリーは、僕の帰りを信じて、待ってくれている。

不安で仕方がなかったはずなのに、笑顔で見送ってくれた。

だから僕は、何があっても必ず彼女のもとへ帰ろうと決めていた。

彼女ともそう約束したのだ。約束したのに。それが守れないかもしれない。

自分が死んだら、リリーは悲しむだろう。

「ご……めん。リ、リー……」

彼女を悲しませることだけはしたくない。けれど、意識は徐々に曖昧(あいまい)になっていった。

「っ！」
宰相と婚約パーティーのことを話していたら、ジェラルドの眷族(けんぞく)を通じてグレイソン

の危機が知らされた。

『ジェラルド。グレイソン様を王宮に運んで。それから兄にこのことを伝えて。終わったらすぐに戻ってきて、私とレヴィをグレイソン様のもとへ連れていってちょうだい』

念話でジェラルドに指示を出す。彼がグレイソンのもとへ向かったことを確認した私は、宰相に気付かれないように足でレヴィをつっつく。

彼はそのことに気付き、不自然にならないように宰相との打ち合わせを終了させた。

宰相の邸を辞して馬車に乗り込むと、すぐにジェラルドに頼んでグレイソンのもとへ向かう。レヴィは何が起こったのか一度も尋ねず、私に従ってくれた。

影移動で馬車から抜け出し、行った先は王宮の医務室だった。

そこには、服を血で真っ赤に染め、それとは対照的に真っ白な顔をしたグレイソンが横たわっていた。

「グレイソンっ、グレイソンっ」

すぐそばでは、リリーが彼の手を握りながら何度も名前を呼んでいる。その姿をレヴィは痛ましそうに見つめた。私は思わず目を逸らしてしまいそうになる。

兄はグレイソンの真っ赤に染まった服と、彼の体に巻かれた包帯を見て顔を歪めていた。

「侍医を呼んで治療させたけど、出血量が多すぎる。彼の生きようとする意思の強さが、かろうじて命を繋ぎとめているようなものだ」

「くそっ」

兄の言葉を聞いて、レヴィはそう吐き捨てる。同じ邸にいながら何もできなかったのだ。彼の危機にすら気付けなかった自分を責めているのだろう。

誰がどう見てもグレイソンは助からない。けれど……

「どいて。私がなんとかしてみせる」

私の言葉に、リリーがぱっと顔を上げた。

「クローディア……」

泣きすぎて充血した目で、リリーが私を見る。大丈夫だと言う代わりに、私は力強く頷いた。

けれど、兄は信じられないという顔をする。

「なんとかって、どうやって？」

「私は光の精霊王の祝福を受けている。彼女にもらったのは治癒の力よ。それを使えば、できるはず」

使ったこともない力を、こんな危機的状況で上手く使えるとは限らない。間違った使い方をすればグレイソンは助からない上に、力が暴走するかもしれない。それを案じているのか、兄が声を荒らげた。

「一度も使ったことがないだろう！」

そんな兄とは違って冷静なレヴィが、静かに口を開く。

「できるのか？」

「分かりません。でも、今は試してみるしかない。やらなければ、彼は死にます」

そう言うと、二人は言葉を詰まらせた。

不安がないわけじゃない。私が失敗すれば、友が愛する婚約者は死ぬのだ。でも、やるしかない。やらなければ、グレイソンの未来はない。

私はグレイソンの傷口に手を当て、そこに意識を集中させた。すると、手のひらに温かな光が集まっていくのが分かる。同時に、体力と精神力がどんどん奪われていく。

何度も意識を失いそうになったが、それでもリリーとグレイソンのことを思い、歯を食いしばって手に力を込めた。

「グレイソン様、死んではダメです。リリーがあなたの帰りを待っています。結婚するんでしょう？　こんなところで死ぬなんて許さないわ……私の友人を泣かせるのは許さない！」

死なせない。絶対に。リリーを一人残して死ぬなんて許さない。グレイソンには生きて、私の友人を幸せにしてもらうのだ。

リリーはグレイソンの手を握りしめ、涙と鼻水で顔をぐちゃぐちゃにしながら必死に呼びかける。

「グ、グレイソン、グレイソンっ。お願い……お願いだから、私を一人にしないで。生きて帰るって、約束、したでしょう。男なら、それぐらいの約束、守りなさいよっ！」

治癒魔法の効果か、リリーの願いが通じたのか、グレイソンの瞼がわずかに震えた。

「グレイソンっ！　お願い！　目を覚まして！」

リリーはグレイソンの手をさらに強く握りしめた。

私もより強く力を注ぎ込む。すると手のひらに集まる光が増したような気がした。

額から汗が幾筋も伝い、ベッドに落ちる。眩暈がして、ぐらつきそうになる体に力を入れて、必死に耐えた。

「まだ……よ。まだ、やれる」

つぶやいた声は、自分にかける暗示のようなものかもしれない。

「クローディア……」

肩にレヴィの手がそっと置かれた。よく知っている温かさだ。視線を彼に向けると、優しげな、それでいて心配そうな顔が目に映った。

その時、グレイソンの口から掠れた声が発せられる。

「……リ、リリー」

そして、ゆっくりとその目が開いていく。

「グレイソンっ！」

ポタポタと大粒の涙を零すリリーを見て、グレイソンはきょとんとしていた。

「一体、何が……？」

リリーは嬉しそうな顔でグレイソンに説明する。

「誰かに襲われたのよ。クローディアがいなかったら、今頃あなたは死んでいたわ」

グレイソンは自分の置かれた状況がまだ理解できないのか、私に問うような視線を向ける。

「……レイツィア公爵令嬢」

「かなりの出血量でしたわ。傷は完全に塞がったけれど、しばらくは絶対安静です」

「助けてくれて、ありがとう。でも、どうして僕が襲われたって分かったんだ？」

グレイソンは軽く頭を下げてから、不思議そうな表情をする。

「あなたとリリーには、ジェラルドの眷族をつけていたんです。何かあればすぐに分かるように」

私の言葉を聞いて、グレイソンはもう一度お礼を言う。

「そうか。本当にありがとう。あなたのおかげで僕はリリーを一人にせずにすんだ」

自分が死ぬかもしれない状況だったのに、それよりリリーのことを気にかけている。

グレイソンの優しさに触れて、私は心が温かくなるのを感じた。

リリーはいまだに泣き続け、グレイソンの体を抱きしめている。その体で必死に彼の体温を感じようとしているようだ。

レヴィが同じ目にあったらと思うと、彼女の気持ちが痛いほどよく分かる。レヴィを失うことを想像しただけで、恐怖で体が震えた。

幼(おさな)い頃、人に忌避(きひ)されることを受け入れていた時は、そんな恐怖は感じなかった。今は大切なものができたから、嬉しさや幸せと同時に、恐れも抱くようになったのかもしれない。

兄がベッドに横たわるグレイソンに優しく言う。

「あれだけの量の血を失ったんだ。まだ体に力が入らないだろう。少し休みなさい。レヴィ殿下が信頼のおける侍医(じい)を隣室に控(ひか)えさせているから、何かあったら遠慮なく言うといい」

「分かりました。迷惑をかけてすみません」

兄とレヴィに謝るグレイソン。そんな彼を気遣うようにレヴィは言う。

「報告はあとで聞きに来るよ」

「お気遣いありがとうございます、殿下」

私はグレイソンとリリーに微笑んで、そっと医務室をあとにした。

部屋の外に出た瞬間、安心したせいか、体から一気に力が抜ける。

「あ……れ？」

「クローディアっ⁉」

倒れると思った次の瞬間、私の体はレヴィに抱き上げられていた。彼は私を抱いたまま歩き出す。

心配そうに私を見る兄の顔が目に入ったけれど、言葉を発する気力すらない。

レヴィはそれを分かっているのか、とても穏やかな声で言う。

「よく頑張ったね。もう大丈夫だよ」

レヴィの心地よい腕の中で、私はそっと目を閉じた。

「おい、レヴィ。クローディアは大丈夫なのか!?」

彼女が意識を失った途端、リアムは急に慌て始めた。

俺はクローディアを自室のベッドに運び、信頼のおける侍女を呼ぶ。部屋の外には、護衛を二名配置していた。

侍医を呼ぶと言ってもリアムは落ち着かず、部屋の中をうろうろしてばかりいる。正直目障りだったので、執務室で待っているように言って、部屋から追い出した。

やってきた侍医にクローディアを診せる。彼女が気を失ったのは力の使いすぎが原因らしく、ゆっくり寝れば回復するとのことだった。ひとまず安心した俺は、侍女にクローディアの世話を頼み、目覚めたら知らせるように言って執務室へ向かう。すると、すぐにリアムが詰め寄ってきた。

「クローディアは?」

「侍医が言うには、力の使いすぎだそうだ。今は眠っている」

「そうか」

ほっと胸を撫で下ろし、リアムは俺から離れた。

「クローディアには感謝しないとな。彼女がいなければ、グレイソンは間違いなく死んでいた」

「ああ。クローディアのおかげだ」

そんな話をしていると、不機嫌そうな顔のジェラルドが姿を見せた。

「理解に苦しむ。あんな男、放っておけばいいのに」

他人のために力を使って倒れたクローディアのことを心配しているのだろう。昔、彼女を傷付けたグレイソンのために無茶をしたことも気に入らないのかもしれない。

そんなジェラルドに、俺は苦笑しながら言う。

「もしクローディアが彼を見放すような人間だったら、君は魅かれなかったんじゃないのかな」

「……」

ジェラルドは何も言わず、ばつが悪そうに顔を背けた。

昔に比べ、彼はよく俺たちの前に姿を現すようになった。ある程度は心を許してくれているのかもしれない。本人に聞いても素直に答えてはくれないだろうから、聞かないけれど。

「彼女はどんなに虐げられ、蔑まれても、人に優しくできる人だ。君だけじゃないよ。俺たちはみんなクローディアに魅かれている」

「優しいクローディアにか？」

ジェラルドの問いを受け、俺は首を左右に振った。

「強くて弱い彼女に、だよ」

「そうかもしれんな」

そう言って、ジェラルドはかすかに笑った。彼が笑うところを見たのは初めてかもしれない。随分貴重なものを見たな、と密かに感動するのだった。

数時間後、俺とリアムはエドガーを連れてグレイソンのいる医務室を訪ねた。弟のエドガーには、少しずつ俺の補佐をさせている。今回の件は少々荷が重いかもしれないが、後々のことを考えて関わらせることにした。だから彼にはすでに一通りの事情を話してある。

グレイソンはベッドの上で体を起こしており、その傍らにはリリーがいた。彼女は俺たちの姿を見ると、一礼して部屋を出ていく。

ここから先は自分の踏み込む領域ではないと、すぐに判断したのだろう。

「なかなかできた婚約者殿だな」

「僕にはもったいないくらいですよ、レヴィ殿下」

照れたようにグレイソンは笑った。

エドガーが心配そうに彼を見る。怪我が本当に治ったのか確認するように、グレイソンの体を上から下まで観察していた。

「体調はどうだ、グレイソン」

「お気遣いありがとうございます、エドガー殿下。レイツィア公爵令嬢のおかげで、もうだいぶよくなりました」

「そうか。それはよかった」

エドガーが安堵の表情を見せると、リアムはすぐに本題に入る。

「早速だけど、君が調べたことについての報告が聞きたい。話してもらえるだろうか？」

「もちろんです、リアム様」

空気が一気に緊張したものに変わり、グレイソンの顔が引き締まった。

彼は宰相の部屋で、時計の裏に隠されていた日記を見つけたという。それは日付が二年前の日記で、ローランという人物について書かれていたらしい。

日記によると、宰相はレイシア王家に反発している勢力について独自に調べていたようだ。その過程でローランに目を付け、接触した。そして宰相は、彼がガルディア王国の人間と通じていることをつきとめ、告発の準備を進めていたようだ。けれど日記はそこで終わっており、最後のページにはサソリの絵が描かれていた。

グレイソンはその絵を思い出しながら、紙に描いていく。

「確か、こんな感じの絵だったと思います。そしてその下には『ローランが腕に持つ入れ墨(ずみ)』と書かれていました。……このマークは、父の腕のあざにそっくりです」

思い当たる節(ふし)があった俺は、思わず口に出してしまう。

「スコーピオン、か」

俺の言葉に、リアムが反応を示した。

「レヴィ、心当たりがあるのか？」

「以前、国王陛下から聞いたことがある。レイシア王家に反発している勢力が、暗殺者たちを組織しているらしい。その組織の名前がスコーピオンだ。そこに所属している暗殺者たちは、体のどこかにサソリの入れ墨(ずみ)を彫っているという」

「日記を書いたあと、父はその組織とローランの繋がりについて、告発したのでしょうか？」

グレイソンの言葉に、俺は少し考え込んでから答える。

「いや、そんな話は聞いたことがない。けれど宰相がこれを王家に報告しないなんて不自然だ。謎は他にもある。スコーピオンの入れ墨らしきものが、なぜ宰相の腕に……」

「まさか、調査の途中で宰相はスコーピオンの一員に加わったのか……？」

リアムがそうつぶやくと、グレイソンの顔は青ざめていった。

「そんな……」

俺は、じっと考え込んだ。リアムの推論はもっともだが、何か引っかかる。

「宰相がスコーピオンに加わったのだとしたら、彼はなぜ、日記を隠していたんだ？捨ててしまったほうが、安心だろう？」

俺の指摘に、リアムも同意した。

「それは……そうだな。言われてみれば確かにおかしい。二年前に、ローランとガルディアの繋がりをつきとめたあと、日記がぱたりと終わっているのも妙な気がしてくる」

グレイソンも何か疑問に思ったらしく、難しい顔をして口を開く。

「二年前……というと、母が亡くなった頃です。そういえば、ちょうどあの頃から、父の様子がおかしくなったように思います。食べ物の好みが変わったり、思い出話を避けるようになったり……」

それを聞いて、リアムがはっと俺を見た。

「もしかして、宰相はスコーピオンの一員に成り代わられたんじゃないか？　それなら、あったはずの古傷が急に消え、それまではなかったサソリの入れ墨が入っていたことにも説明がつく。アルファー公爵夫人の事故についてもだ。彼女は宰相の入れ代わりに気付いてしまった。だから殺された。そう考えられないか？」

あくまで推測だが、ありえない話ではない。少なくとも、宰相がスコーピオンの一員だったと言われるよりは納得できる。

「そうだとしたら、父ももう……」

グレイソンが恐る恐る口を開く。心なしか、体も震えているような気がする。

「殺されているかもしれない」

俺はグレイソンに容赦なく可能性を突きつけた。グレイソンの顔が絶望に染まる。

「恐らく、そのローランという男が宰相に成り代わっているのだろう。光属性の者なら魔法で姿を変えられる。それを思うと、不可能なことではない」

俺はグレイソンから聞いた情報を整理しながら言う。それと同時に、その対策も考え始めた。

「……そうですか」

母親は死に、唯一の肉親である父親までもが死んでいるかもしれない。グレイソンの顔には、深い悲しみが刻まれていた。

だが、感傷的になっている暇はない。ローランがガルディアと通じているということは、反レイシア王家の勢力がガルディアと手を結んでいるということだ。宰相がカルロス王子と繋がっているかもしれないという情報と合わせて考えると、ローラン——つまり偽宰相と通じているのは、カルロス王子である可能性が高い。

リアムも同じことを考えていたのか、真剣な表情で口を開いた。

「一刻も早く、カルロスが犯人なのか確かめなければ」

「カルロスなら、近々レイシアに来るよ」

そう言うと、全員が驚いた顔をして俺を見る。

「えっ⁉」

宰相の邸でも話したが、昨日ガルディア王国から手紙が届いたのだ。

「和睦の証として、俺たちの婚約パーティーに出席するそうだ」

「和睦？　どうせすぐ破るくせに」

呆れたようにつぶやくリアムに、誰もが同意を示した。

ガルディア王国は自ら戦争を仕掛けてくるわりに、すぐに和睦を申し出てくる。そしてあっという間にそれを破るのだ。

そんな話をしていた時、扉が大きな音を立てて開いた。

「それなら私を囮にしてカルロスの尻尾を掴めないかしら」

そこには、クローディアが立っていた。彼女はズカズカと大またで部屋に入ってくる。

「ク、クローディア、どうしてここに？　もう体はいいのかい？」

俺は普段の彼女らしからぬ粗野な態度に驚きながら聞いた。

「ええ、もう大丈夫ですわ。殿下」

ん？　殿下？　以前ならともかく、今の彼女は俺のことを『レヴィ』と呼ぶはず。どう考えても、彼女の言動には違和感がある。

「兄上、癒やしの力を使いすぎると、おかしくなるのでしょうか？」

なるほど、その可能性もあるな。俺はエドガーの言葉を聞いて悩む。

そんな俺たちの戸惑いなどお構いなしにクローディアは言う。

「殿下、ここまでの話は、すべて聞かせていただきましたわ」

その言葉に俺は呆れてしまった。

「盗み聞きしていたと、堂々と言われても困るんだけど……そんなことより、君、本当にクローディア？」

「ひどいわ、殿下。婚約者の顔も忘れたの？」

彼女はクネクネと腰を揺らして、媚(こ)びを売るかのような態度を取る。やはり自分の知るクローディアとは全然違っていた。

そう思ったのは、俺だけじゃないはずだ。エドガーとグレイソンは目を丸くし、リアムは「俺の妹が壊れた」とつぶやいていた。

そこへジェラルドが現れ、額に青筋を立てながら言う。

「いい加減にしろっ！　俺のクローディアはそんな気色悪い態度を取らない！」

ジェラルドはそう言って彼女の頭に鉄拳(てっけん)を下した。

「やぁん。ジェラルド、ひっどぉい！」

「ひどいのはあなたのほうですよ。私はそんな言葉遣いしません」

なんとジェラルドのうしろから、クローディアがもう一人現れた。いよいよ頭が混乱してくる。

でも、あとから現れたクローディアのほうが、俺たちの知る彼女に近かった。

「えっと、君が本物のクローディア？」

「はい。私が本物です」

何が起きているのかまったく分からない。

混乱する俺に代わってリアムが質問してくれる。

リアムが最初に現れたクローディアに視線を向けると、彼女の体が眩い光を放ち、見る見るうちに姿が変わっていく。髪は波打つ金髪に、瞳は青色へと変化した。

俺たちはその姿を、一度だけ目にしたことがある。

「あ、あなたは……」

「はぁい。みんなのアイドル、グレースで～す」

光の精霊王ってこんなキャラだったのか……

微妙な気持ちになったが、気を取り直して俺はグレースを見た。

「あなたがなぜ、ここにいるのですか？」

彼女はアメリアが加護を失った一件以来、人前に姿を見せていなかった。てっきりどこかへ行ってしまったのだと思っていたが……

俺の質問に、彼女はニコニコ笑いながら答えた。

「せっかく一人になったことだし、自由気ままに旅をしていたんだけどね、飽きて戻ってきちゃったの。そうしたら、クローディアちゃんが力の使いすぎで眠っているみたいだったから、私の力で目覚めさせたのよ。体力も精神力も完全回復してるわ！」

「な、なるほど……」

リアムは感心したようにグレースを褒め称える。

「さすがは光の精霊王」

クローディアを回復させてくれたことは純粋に嬉しいが、疑問がなくなったわけではない。俺たちはまだ状況についていけていなかった。

「クローディアに化けていたのも、あなたの力ですか？」

「ええ、そうよ。うーん、なんて言うか、幻覚の一種かな？　なんかそんな感じ」

今一つ要領を得ない説明だ。

だが、エドガーが興味津々（きょうみしんしん）という顔で聞く。

「あなたはクローディアだけでなく、いろんな人に化けられるんですか？」

「ええ、もちろんよ。ただし、私が知っている人でないとダメだけど」

光属性の魔法を使えば、姿を変えられることは知っていた。だが、ここまで精度が高いとは。あるいは、精霊王ゆえの力なのだろうか。

便利な力だと思いながら俺は聞く。

「あなた自身ではなく、他の人を化けさせることも？」

「ええ、可能よ」

「話が脱線していますよ、レヴィ」

クローディアの冷静な声で、俺はそのことに気付いた。

「あ、ああ、ごめん。それで、グレース殿は何しにここへ来たのかな?」

「グレースでいいわよ」

光の精霊王は、片目をつぶって言った。グレースはジェラルドと違って随分親しみやすい性格らしい。そんな彼女に苦笑しながら俺はクローディアに視線を向ける。

「……グレースは、俺たちの話をすべて聞いていたと言っていたけれど……君も?」

「ええ、聞いていましたわ。悪いとは思いましたが、ジェラルドの力を使えば盗み聞きぐらい簡単にできるんです。それで、私も協力できることはないかと思って来ました」

「それはダメだ」

「ダメに決まっているだろ」

「危険すぎる」

俺だけでなく、リアムとエドガーからも反対の意見が出た。クローディアは不満そうな顔をするが、許可を出せるわけがなかった。

「私にはジェラルドがいます。それに、グレースも力を貸してくれるそうですわ。事の発端(ほったん)は、私のもとに送り込まれてきていた暗殺者だったでしょう。つまり私も無関係ではないはずですよね」

反対されたことが気にくわないのか、クローディアは強い口調で言った。

だが、悪名高い暗殺者組織も絡んでくるとなると危険すぎる。

「でも、どんなアクシデントが起こるか分からないんだ。場合によってはジェラルドやグレースの助けを借りず、君一人で危険を回避しなければいけないこともあるかもしれない」

俺の言っていることが正しいのは、クローディアにも分かっているだろう。それでも彼女は、不満げな顔を隠そうともしない。

「カルロス王子は私を狙っている疑いがあるのでしょう？　だったら、私を囮にすれば、何かボロを出すかもしれません」

いくらなんでも、愛する彼女を囮に使うなんてできない。そう思って反対しようとするが、俺が口を開く前にクローディアが言う。

「レヴィ、私は大人しく守られるだけの女になるつもりはありません」

いくら反対されても、クローディアは退くつもりがないようだ。

「だぁ～いじょうぶよぉ。クローディアちゃんは私が守るから」

グレースがクローディアの両肩に手を置き、にっこりと笑う。

「俺もいる」

ジェラルドも、グレースに負けじと言った。

もちろん、ジェラルドの力は信用している。彼ならどんな手を使ってでもクローディアを守ってくれるだろう。でも、そういう問題じゃない。

「しかし……」

俺がなおも渋っていると、エドガーが口を開いた。

「兄上、ここで反対しても、クローディアは勝手に動いてしまいます。それぐらい兄上にだって分かるでしょう。知らないところで勝手に動かれるよりは、こちらの目の届く範囲で動いてもらったほうが危険は少ないのでは?」

そう言われると、俺も頷くしかない。

「……分かった。ただし、独断で動かないことと、一人にならないことが条件だ。いいね、クローディア」

「ええ、それで十分ですわ」

クローディアは嬉しそうに笑った。

この笑顔は反則だろう。こんな顔を向けられたら、もう何も言えなくなる。

グレイソンは呆気にとられ、俺とリアムとエドガーは疲れたように溜息をついたのだった。

あの話し合いから一ヶ月。

ついに私とレヴィの婚約パーティーの日がやってきた。同時に、エドガーとエミリーの婚約パーティーでもある。

ガルディア王国からは、予定通りカルロス王子が来ていた。もし彼が本当に私を狙っているなら、きっと何か仕掛けてくるかもしれないので、気を抜けない。

「お嬢様、とても美しいですよ」

黒い髪を結い上げ、青いグラデーションのマーメイドドレスを着た私を、ジョルダンは嬉しそうに見つめる。

「姉上、とっても綺麗(きれい)です」

兄と同じ茶色の目をキラキラさせながら、弟のシルフォンスが私を見上げて言った。

「ありがとう、シルフォンス」

弟の純粋な瞳に見つめられると、少しだけ気恥ずかしい。

そこで盛装に着替えた兄が、部屋に入ってきた。

「見違えたよ。と言っても、俺の妹はいつも美しいけどね」

「お兄様、実の妹に何をおっしゃっているんですか」

ドレスや化粧（けしょう）で着飾ったところで、もとの容姿が変わるわけじゃない。兄はいつも大げさなのだ。

兄は嬉しそうに私を見たあと、手を差し出してくる。

「レヴィが迎えに来ているよ。行こうか」

「はい、お兄様」

私は差し出された兄の手を取った。

うしろでシルフォンスがはしゃぎながら、ジョルダンたちと一緒に見送ってくれる。

「兄上、姉上、行ってらっしゃい」

「行ってきます、シルフォンス」

私がそう言うと、兄はシルフォンスの髪をくしゃりと撫（な）でた。

私は兄とともに、階下で待つレヴィのもとへ行った。レヴィは私の姿に気付くと柔らかい笑みを浮かべる。

「クローディア、とても美しいよ。君ほど美しい人は、世界のどこにもいないだろうね」

「ありがとうございます、レヴィ。お世辞でも嬉しいです」

婚約パーティーは王宮で行(おこな)われる。私はレヴィにエスコートされて馬車に乗った。

王宮に着くと、私とレヴィは兄と別れ、王族用の通路から会場に入った。

会場はいくつものシャンデリアで明るく照らされ、女神や天使、精霊などを題材にした絵画が飾られている。そんな煌(きら)びやかな会場のせいか、貴族の華やかな装(よそお)いがより一層美しく見えた。

立食形式のパーティーなので、軽食が用意されている。招待客たちは、知り合いと談笑しながらワインや食事を楽しんでいた。

私たちの姿に気付いた人々から、一斉に注目される。その中には、いまだに私に対する忌避(きひ)の眼差しもあった。

それだけではない。年頃の女性の多くは、私への嫉妬(しっと)心を露(あら)わにして睨(にら)みつけてくる。

私は気にしないように努めてレヴィとともに歩いた。

会場の奥には壇があり、そこに王族のための椅子(いす)が用意されている。一番上の段には王と王妃様、その下には私たちの席があった。

壇上に立って会場を見まわすと、兄が穏やかな笑みを向けていることに気が付いた。

知り合いの顔もちらほら見える。兄と同じく微笑んでくれる彼らを見て、私は高鳴る鼓動を落ち着かせた。

「緊張しますわね」

私は深呼吸をして気持ちを静める。するとレヴィが隣でクスリと笑って、私の腰を抱き寄せた。

「大丈夫だよ、クローディア。君には俺がついているから」

「はい」

それから少し経って、エミリーとエドガーが会場に入ってきた。

そうして最後に、国王夫妻が入ってくる。

「みな、集まってくれてご苦労」

壇上に立った国王陛下は声高に言った。会場中の人々が静かに次の言葉を待つ。

「我が息子たちの婚約者を紹介しよう」

その声を合図に、私はレヴィにエスコートされて陛下の隣に立った。

「レヴィの婚約者は、クローディア・レイツィア公爵令嬢」

私が一歩前に出て礼をすると、会場中から値踏みするような視線が飛んできた。

「エドガーの婚約者は、エミリー・ルーシャン伯爵令嬢」

エミリーもエドガーにエスコートされ、会場に向けて礼をする。

「我が息子とその伴侶（はんりょ）たちが、お互いを支え合えるような、よき夫婦になることを余は願っている」

こうして私とエミリーは、王子たちの婚約者だと正式に認められた。

それから私たちはそれぞれの婚約者とともに、招待客に挨拶（あいさつ）してまわることになる。

最初に挨拶（あいさつ）したのは、満面の笑みを浮かべた髭（ひげ）の中年男性だった。

「いやあ、おめでとうございます、レヴィ殿下、レイツィア公爵令嬢。分かっていたことではありますが、やはり殿下は闇の精霊王の加護持ちであり、光の精霊王の祝福も受ける彼女を伴侶（はんりょ）に選ばれたのですな。私の娘も器量はよいですし、金髪碧眼（へきがん）なのですが、生憎（あいにく）加護持ちではないのでね。残念ですが、仕方ありません」

それはつまり、加護持ちでなければ私など相手にされないと言っているのだろう。現に彼は、私を見下すような目で見ている。黒目黒髪の女など、金髪碧眼（へきがん）の娘には敵（かな）わないと言いたいらしい。

「彼女が加護持ちでなくても、生涯の伴侶（はんりょ）に選んでいましたよ」

レヴィが私の腰をグイッと強く抱き寄せる。

「私は将来王となる身だ。そして私の伴侶（はんりょ）は未来の王妃です。国母たる王妃には重要な役割がある。いくら器量がよくても、馬鹿にその務めは果たせませんよ」

レヴィは笑顔で挑発した。暗に『あんたの娘のように頭の悪い女は初めから選ばない』と言っているわけだ。

グラスを持つ男の手が、怒りでプルプル震えている。それでも反論しないのは、王族に逆らってはいけないと判断できるぐらいの理性は残っているからだろう。

「失礼する」

それだけ言って、男は去っていった。

「レヴィ、庇っていただき、ありがとうございます」

「別に。あんな不快な男の言葉で君の耳を汚したくはないからね」

よほどあの男の言葉が気に障ったのか、レヴィは眉間に皺を寄せている。私のために怒ってくれているのだと思うと、嬉しくなった。

「私は慣れているので、大丈夫ですよ？」

「そういう問題じゃない。俺が嫌なんだ。クローディア、あの男に言ったことに嘘はない。君は美しいし、聡明だ。俺はたとえ加護持ちでなくても君を選んだよ。君を心から愛している」

「はい、私も愛しています。レヴィ」

私たちは互いに微笑み合う。

彼といれば大丈夫。心の底からそう思えた。

周囲では、ヒソヒソとささやく声が聞こえる。

「見て、あの髪と瞳」

「真っ黒ね」

「気持ち悪い」

平気で人のことを侮辱する言葉を、私は笑顔で聞き流した。

そこへリリーとグレイソンがやってくる。

「クローディア、この度は婚約おめでとう」

リリーはそう言って笑顔で祝福してくれた。

「ありがとう、リリー。グレイソン様も来てくれてありがとうございます」

「とてもお綺麗ですよ、レイツィア公爵令嬢。ご婚約、おめでとうございます」

「ありがとう。次はあなたたちの番ね」

私がからかうように言うとリリーは顔を赤くし、グレイソンは「はい」と嬉しそうに答えた。

そして、挨拶まわりが終わると、私は会場に佇む一人の青年に目を向けた。レヴィもそれに気付き、私の視線を辿るようにその人物を見る。

ガルディア王国の王太子、カルロスだ。

灰色の髪と目、端整な顔立ち、自信に満ち溢れた態度。

敵対する国の王族というだけではなく、彼の醸し出す雰囲気のせいで、参列者たちは目を奪われてしまっている。

令嬢たちの中には、彼に見とれて頬を赤く染める者もいた。そんな令嬢たちの反応を見て、レイシアの男たちは面白くなさそうな顔をする。

「敵国の人間が何をしに来たんだ」

「婚約祝いだなどと、白々しい」

「和睦を結びに来たそうだ」

「はっ。どうせすぐに破るのだから、そんな無駄なことしなければいいのに」

「まったくだ」

私は周囲の声を聞きながら、内心で同意した。

するとグレースの声が聞こえてくる。

『ふうん。あれが隣国の王子様なのねえ〜。パッとしないわね。私の好みじゃないわ』

グレースは姿を消して、ジェラルドとともに私の隣に立っている。

『見た目はたいして問題じゃないわ』

私は念話でグレースに言った。

それからレヴィと目配せし合い、カルロス王子に近付いていく。

カルロス王子の前まで来ると、レヴィは笑顔で挨拶した。

「お久しぶりです、カルロス殿下。先の戦から、二年経ちますね。国はもう落ち着かれましたか?」

『あらあら、殿下ったら最初から挑発的ね』

『俺のクローディアに刺客を送り込んできた疑惑のある奴だ。こんなものじゃ足りない。さっさと八つ裂きにしてやればいいのに』

精霊王たちは好き勝手に言っている。私はレヴィの傍らに立ち、内心ハラハラしながら見守っていた。

レヴィの言葉に、カルロス王子は一瞬ムッとした。だが、すぐに笑みを浮かべて挨拶を返す。

「久しいな、レヴィ殿下。二年前の小競り合いでは君たちの醜さを思い知ったよ。さすがは化け物でも平気で使う国だ。まさか、あんな恐ろしい人外の力を用いるとはな」

カルロス殿下は笑顔だけれど、頬がヒクヒクと痙攣していた。

化け物とは、精霊のことを指すのだろう。そして、人外の力はジェラルドの力を意味していると思われる。魔法を使えない彼らからしたら、確かにそうなのかもしれない。

「勝てないと分かっていて、何度も挑んでくるそちらには敵いませんよ」

嫌味の応酬が続く。それを先に終わらせたのはカルロスのほうだった。

彼はレヴィの隣に立つ私に、侮蔑と嫌悪の眼差しを向ける。

「あなたがレヴィ殿下の婚約者だな？」

この人が二年前の戦争を主導し、今は私の命を狙っているかもしれない人か。

「はい。レイツィア公爵家の長女、クローディアと申します」

「では、やはりあなたがあの戦の時の……」

明らかに込められた敵意には、少し恐怖を感じた。そんな私を安心させるように、レヴィが腰にまわした手に力を込める。密着した体から彼の体温を感じて、私の心が落ち着きを取り戻した。

レヴィはカルロス王子を睨みつける。

「私の婚約者がどうかしましたか、カルロス殿下？」

「いや、何も」

レヴィは笑顔だったが、私にはそれが般若の笑みに見えた。カルロス殿下もそれに気付いたのか、それ以上は何も言ってこない。

彼にとってここは敵国。分が悪いことくらい分かっているのだろう。

と、その時――

パリンッ。

突然、会場の窓ガラスがすべて割れた。

「なんだ⁉」

「きゃあー」

「逃げろぉ」

人々が一斉に騒ぎ出す。窓の近くにいた人たちの中にはガラスの破片を全身に浴びて、血だらけになっている人もいた。

「侵入者か⁉」

レヴィが叫ぶと、駆け込んできた騎士が報告する。

「魔物です！　魔物が侵入しました！」

その報告と同時に数体の魔物が会場に入ってきて、人々を襲い出した。会場はさらにパニックに陥る。

戦い慣れている人は魔法で応戦しているが、そうでない人はどんどん魔物に襲われていく。

「ジェラルド、影で魔物を固定して。グレース、怪我人を治療して」

私がそう言うと、ジェラルドとグレースが姿を現す。

「了解」

「いいわよ、あなたのお願いなら」

グレースは私に加護を与えてくれているわけではない。そのため、お願いを聞いてくれるかどうかは彼女の気持ち次第だったが、今回は私に従ってくれるようだ。

気付けば、いつの間にか父も近くにいた。

「ロマーリオ、風で防御壁を作ってみんなを守れ」

「承知した」

父の依頼を受けて、風の精霊王ロマーリオは会場にいるすべての人間の前に風の防御壁を作り、魔物の攻撃を防ぐ。

それにしても、なぜ魔物が侵入したのだろう？　普段は森や山の奥にいるため、滅多に遭遇することはない。どう考えても、王宮のホールに数体も入ってくるわけがないのだ。

そういえば昔、校外学習に行った時にも魔物が出没したっけ。思い返せば、結局なぜあそこに魔物がいたのかも分からずじまいだった。

「うわぁぁぁあっ」

レヴィや兄が攻撃に加わり、そろそろ鎮圧できそうだという時、突然悲鳴が上がる。

振り返ると、カルロス王子が複数の魔物に囲まれていた。

「カルロス殿下っ⁉」

私は思わず声を上げた。

複数の魔物は、ジェラルドの影もロマーリオの防御壁も振り払って、カルロス王子に次々と襲いかかる。そのうちの一体の牙が彼の首に突き刺さった。

「ジェラルド！　グレース！」

私は必死で叫ぶ。それと同時に、レヴィや兄がカルロス王子を取り囲んでいる魔物に攻撃を加えた。

なんとか魔物の退治には成功したが、カルロス王子は頸動脈を噛み切られ、すでに事切れていた。いくらグレースが癒やしの力を持っていても、死者を蘇らせることはできない。

私に暗殺者を送り込んでいたと思しき黒幕は、こうして呆気なく死んだ。

レヴィたちは被害の状況を確認するべく、騎士たちに慌ただしく指示を出している。

そんなレヴィたちを遠目に見ながら、私とグレースは怪我人の手当てをしていた。重傷者は全員グレースに治療してもらい、私は軽傷者を休憩用の別室に誘導する。

そうしていると、グレースが何かに気付いたようにある一点を見つめた。

「あら、あの子……」

「どうしたの？」

「あの男の子」

そう言ってグレースが指さした先には、クラスメイトのロナルドがいた。どうやら彼も招待されていたようだ。

パーティーの時は挨拶まわりで忙しかったし、彼は気を遣って私のところに来なかったのかもしれない。

「ロナルドがどうかしたの？」

「今回の件とは関係ないんだけどね……彼、アメリアを唆していたことがあるの」

「唆していた？　ロナルドがアメリアを？」

私が知る限り、ロナルドはそんなことをする人ではない。誰に対しても分け隔てなく優しい、善良な少年だ。私のことさえ他の人と公平に扱ってくれる、貴重な友人でもある。

「そうよ。アメリアがあなたにちょっかいをかけていた頃、あの男の子が色々入れ知恵していたの。でも普段はあなたたちに好意的だったじゃない。それを見て、人間って怖いなぁって思ったからよく覚えてるわ」

その話が本当なら、とても気になる。ちらりとレヴィたちのほうを見ると、彼らはまだ事後処理に追われていた。

一方のロナルドは、今にも会場を出ようとしている。

私は少し迷ったものの、彼のあとを追った。

会場を出てしばらくすると、ロナルドは廊下(ろうか)の途中で立ち止まる。そこで灰褐色(はいかっしょく)の髪をした見知らぬ男と合流し、何かを話していた。

「何を話しているのかしら？」

柱の陰に隠れて様子をうかがってみるが、遠すぎて話の内容までは分からなかった。

『ジェラルド、お願い』

私が念話で頼むと、ジェラルドが短く答える。

『了解した』

彼の眷族(けんぞく)がロナルドの影の中に入っていく。すると眷族(けんぞく)を通して、彼らの話し声が伝わってくる。

「カルロスが死んだよ。やっと邪魔者を消すことができた」

ロナルドは愉快そうに笑った。

「おめでとうございます、ロナルド殿下」

殿下……？　今あの男はロナルドのことを殿下と呼んだだろうか？

「あいつのおかげでレヴィたちの目も誤魔化せたしな。感謝してもしきれないよ、カルロスには」

そう言いながらも、ロナルドの声にはどこまでも人を馬鹿にしたような響きがあった。

それは学校では一度も見たことのない、彼の知られざる一面だった。

「カルロスが死んだ今、ガルディア王国の王位は、第二王子である俺が継承することになる。長年の苦労がやっと実ったよ」

聞こえてきた内容に、私は驚愕した。

ロナルドがガルディア王国の第二王子？

だが、ガルディア王国にカルロス以外の王子がいるなんて話は聞いたことがない。一体どういうことなのだろう。疑問に思うことはたくさんあるが、まずはレヴィを呼んでこなくては。

「ジェラルド、お願い。このことをレヴィに知らせて」

眷族たちに頼んでもいいが、彼らの知能は低く、こういう複雑な内容を伝えるのには向かない。的確に情報を伝えるためには、ジェラルドが直接行ったほうがいいのだ。

「分かった」

普段は私のもとを離れたがらないジェラルドも、今回ばかりは素直に頷いてくれる。

それからジェラルドは、視線をグレースに向けた。

「グレース、一旦離れるが……」

「クローディアちゃんのことでしょ。任せて」

グレースの言葉に、ジェラルドは力強く頷く。

「頼む」

そう言って私の影の中へ入っていった。そこからレヴィのところに向かうのだろう。

彼がレヴィたちを呼んできてくれれば、ひとまずなんとかなる。

そう思った瞬間——

「っ」

背後から猛烈な殺気を感じ、反射的に飛びのく。直前まで私が立っていたところには、短剣が深々と刺さっていた。

「誰かと思えば、闇の姫君クローディアか」

ロナルドの声がした。柱の陰から飛び出したせいで、彼にバレてしまったのだ。

私の姿を見ても、ロナルドは驚かなかった。ただ、彼を守るように、灰褐色の髪の男が私との間に立つ。

「まだ殺すなよ」

「はい」

私はロナルドたちを警戒しながら、じりじりと後退する。彼はそんな私を面白そうに見ていた。

「ロナルド、あなたがガルディアの第二王子だっていうのは、本当なの？　まさかカルロスや魔物のことは、全部あなたの仕業なの？」

私が問うと、ロナルドはくっくっと笑った。

「初めての校外学習の時を思い出すな、クローディア。あの時も魔物が現れて、お前はそれを闇の精霊王の力を使って倒していた。あれは壮観だったよ。魔物がまるで赤子のようになす術もなく死んでいくのは」

ロナルドは学校にいる時と同じような気軽さで私に話しかけてくる。けれど、まとう雰囲気はいつもとまったく違って、それが余計に不気味だった。

自分が情けない。長い間、友としてそばにいながら、彼の本性に気付かなかったなんて。

「まさか、あの時の魔物もあなたがけしかけたの？　なぜ、そんなことを？」

「俺がガルディア王国の王になるためさ。ガルディアが長年にわたり、レイシアの領土を狙っているのは知っているだろう。俺はレイシアを内側から崩すため、幼い頃にレイシアに送り込まれた。ずっと密偵として働いていたが、ある時嫌気が差してな。カルロスを殺して、俺が王太子になってやろうと思ったのさ。そのために何が利用できるかを考えたら、お前が頭に浮かんだ。お前を手に入れれば、俺の道は開けると考えた」

「利用って……いつからそんなことを考えていたの？」

ロナルドと出会ったのは、十二歳の時だ。まさかあの頃から、私を利用しようと思っていたと言うのだろうか。そんなの、絶対信じたくない。

けれどロナルドは、私の思いを裏切るように言った。

「もちろん、最初からさ。校外学習で遭遇した魔物は、お前の力を試すために俺が用意したものだった」

私はショックを受けつつも、ロナルドの動きに注意しながら聞く。

「……光の精霊王から、あなたがアメリアを唆していたと聞いたわ。彼女に悪知恵を吹き込んでいたのも、あなたなんでしょう？」

ロナルドは躊躇わなかったのだろうか。聡明な彼には見えていたはずだ。自分が関わった結果、アメリアがどうなるのかが。

「そうだ。最初は利用価値があると思ってアメリアに近付いたんだが、早々に邪魔になったから処分することにしたのさ。祝宴に乗り込ませれば、勝手に暴走して自滅するだろうと思っていた。実際、その通りになっただろう？」

ロナルドは愉快そうに笑う。

彼にとっては私もアメリアも、ただの道具でしかない。友として過ごした時間は、一体なんだったのだろうか。

そう思うと悲しくて、涙が出てきそうになった。

でも、今はそれどころじゃないと必死に堪(こら)える。

そんな私には気付かず、ロナルドは話を続ける。

「俺の目的はカルロスを殺すこと。だから一番欲しいのは、闇の精霊王の力を持つお前だった。でも、お前は警戒心が強すぎるし、レヴィと付き合い始めてますます扱いにくくなった。だから手に入れるのは諦(あきら)めて、殺すことにしたんだ。俺がゆくゆくガルディアの王になった時、お前の存在は邪魔にしかならないし。ここ最近、暗殺者を送り込んでいたのは俺だよ。カルロスに疑いが向くように細工してな」

そう言って、ロナルドはにっこりと笑った。

この人は誰？　私の知っている彼は、こんな暗く、澱んだ目はしていない。今日の前にいるロナルドは、ずっと友人として一緒に過ごしてきた彼なのだろうか。

「——万が一私が暗殺者に殺されれば、きっとジェラルドが報復したでしょう。上手くいけば、私もカルロス王子も両方始末できるってことね」

「さすがはクローディア」

ロナルドは嬉しそうにパンパンと手を叩く。その様はまるで、芝居の観客のようだった。

「カルロス王子じゃなくて、あなたが黒幕なのね。じゃあ、偽の宰相と通じていたのも……」

「なんだ、そこまで知っていたのか。本物の宰相には、ちょっと知られたくないことがバレてしまってね。殺させてもらったよ」

やはり本物の宰相は殺されていたのか……。グレイソンのことを思うといたたまれない。

けれどロナルドは何も感じていないようだ。機嫌よく話を続けている。

「光属性の人間を使って偽宰相を作ったのは思いつきだったんだが、想像以上に便利だったな。ちなみに、お前とアメリアを戦場に送り込む提案をさせたのも俺だ。カルロスが自ら軍を指揮すると聞いていたから、お前たちが殺してくれないかと思ってさ」

「あの戦の指揮官は、カルロス王子じゃなかったわ」

私は指揮官を捕縛しに行ったのだから、間違いない。

「ああ、カルロスはお前が出陣すると聞いた途端に、指揮権を放り出して逃げたのさ。傑作だろう？」

くっくっと思い出し笑いをするロナルド。

「まあそんなわけで、今の宰相は偽者だ。化けているのは、スコーピオンという暗殺者組織の人間でね。もともとは反レイシア王家の連中が作った組織だったんだが、使い勝手がよさそうだから手に入れたのさ。今は俺が彼らの主だ」

つまり、スコーピオンを乗っ取ったということか。ロナルドは一体いくつ手駒を用意しているのだろう。

「俺からも一つ質問していいか？　お前が光の精霊王の祝福を受けたのは知っているけど、そのあと光の精霊王はどこかに消えたはずだ。どうして今、ここにいる？　お前はいつから光の精霊王の加護持ちになったんだ？」

ロナルドの視線が、私の隣に立つグレースに向けられた。

「そんなのどうでもいいでしょ。彼女がここにいるという事実は変わらないのだから」

本当は、加護を受けたわけではない。けれどこちらの情報は一つとして与えたくなかったので、誤魔化すことにした。

「それもそうだね。さて、おしゃべりはこの辺にしようか。クローディア」

ロナルドは背筋が寒くなるような笑みを浮かべる。

その時、真っ暗な廊下を眩い光が照らした。ロナルドは眩しそうに両目をつむる。

「逃げるわよ、クローディアちゃん！」

私はグレースに手を引かれ、廊下を走り出した。

それに気付いたロナルドが、すぐさま追いかけてくる。

「待てぇ！」

「しつこいわねえ〜」

グレースはそうぼやいて、たくさんの騎士の幻覚を作り出す。彼らが騒ぎに気付いて駆けつけたように偽装したのだ。

行く手を阻んだ大勢の騎士に、ロナルドは足を止める。

グレースが作り出した騎士たちは剣を構え、ロナルドと対峙した。

「彼ら、戦えるの？」

だとしたらなんて心強い味方なのだろう。

そう思ってグレースに聞くと、彼女はまったく悪びれずに答えた。

「言ったでしょ、光で作り出した幻覚だって。生身の人間が触ろうとしたら、通り抜けちゃうわよ。できるのは、ほんの少しの間、足止めすることくらいね」

それはなんともお粗末な幻覚だ。前世で見ていたアニメには、戦える幻覚も出てきたのに。

グレースの言葉を証明するように、ロナルドが騎士たちの幻影をすり抜け、追ってきているのが見えた。

これがアニメと現実の違いか……と少し場違いな感想を抱きながら、私は必死に逃げる。

けれどロナルドの足は速く、あっという間に追いつかれてしまう。

「きゃあっ」

私は彼に髪を掴まれ、うしろ向きに転倒した。すぐさまロナルドが私の上に馬乗りになる。その手には、短剣が握られていた。

「クローディアちゃんっ！」

グレースが悲鳴を上げる。

「動くなよ、光の精霊王。少しでも妙な素振りを見せたら、クローディアを殺す」

ロナルドの持っている短剣の先が私の首に押し付けられた。これではグレースも下手に動くことはできない。

レヴィたちが来てくれるか、せめてジェラルドが戻ってきてくれれば……

そう思うけれど、短剣の切っ先は今にも私の首に刺さろうとしていた。

怪我人の治療を妹と光の精霊王に任せ、レヴィとともにパーティー会場の後始末をしていた俺は、カルロスの遺体に近付いた。血のにおいに混じって、かすかに甘ったるいにおいが漂っている。

不審に思ってカルロスの懐を探ってみると、そこから小袋が出てきた。甘いにおいのもとはこれのようだ。

「殿下、これを」

近くにいたレヴィに渡すと、彼は不審そうに眉間に皺を寄せた。

「なんだ、このにおいは？」

そのレヴィの問いには、近付いてきた父が答えた。

「これは魔物の血のにおいです」

父の言葉に、レヴィが眉間の皺をますます深くする。

「魔物の血だと？　なぜカルロス殿下はそんなものを持っていたんだ」

「……なぜかは分かりませんが、それが魔物を呼び寄せていたのだと思います。魔物は同族の血のにおいを嗅ぎつけると、仇を取ろうとしますから」

父の説明を受けて、レヴィは確認するように言う。

「では、先ほどの魔物たちは、このにおいに引き寄せられていたというのか」

「はい。殿下、できれば今すぐ火で燃やしてください」

レヴィは父の言う通り、におい袋をすぐに燃やした。

俺はカルロスの服のポケットを探ってみたが、それ以外に不審なものはない。

「カルロスが黒幕だと思うか？」

俺が問いかけると、レヴィは少し考えてから言った。

「もしそうだとしたら、間抜けすぎる。自分が呼び寄せた魔物にやられて死ぬなんて、いくら馬鹿でもありえないだろう。そもそも魔物を引き寄せるために、自分が魔物の血を持っている必要はない。何か理由があったのだとしても、魔物が来た時点ですぐに捨てればいいはずだ」

「だよな。なら、黒幕は別にいるということか」

俺とレヴィが頭を悩ませていると、エドガーとエミリーがやってきた。

「レヴィ殿下、クローディアの姿が見えないのですが、どちらにいるかご存じですか？」

「エミリー嬢、クローディアならそこに……」

俺はさっきまでクローディアがいたところに視線を向ける。

けれど、そこには誰もいなかった。

俺は慌てて会場を見まわすが、クローディアの姿はどこにもない。

「……クローディア？」

嫌な予感がした。

その時、俺の影の中からジェラルドが現れる。

「ジェラルド⁉　クローディアは？　彼女はどこにいる」

レヴィが詰め寄るように聞くと、ジェラルドは冷静に言った。

「ロナルドとかいう男を追っていった。そいつはガルディアの第二王子で、自分が次の王になると言っていた」

「なんだって⁉」

俺はジェラルドの言葉に目を見開いた。

「すぐに追わないと」

エドガー殿下の言葉に、レヴィは青ざめた顔で頷き、ジェラルドに向き直る。

「ジェラルド、連れていってくれ」

「了解した」

ジェラルドは短く答える。

そして俺たちは、ジェラルドの力で影に包まれた。

「これで終わりなんて呆気ないな。闇の精霊王さえいなければ、お前もただの貴族令嬢だったわけだ」

ロナルドが短剣を持つ手に力を込めた。切っ先が首筋に刺さり、ちくりと痛みが走る。

「くっ」

もうダメかもしれない。そう思った、その時――

「俺のクローディアに」

「俺の婚約者に」

「俺の妹に」

「俺の友人に」

「「「手を出すんじゃねぇっ!!」」」

ロナルドの影から、ジェラルド、レヴィ、リアム、エドガー殿下が現れた。

「なっ」

ロナルドは驚いて目を丸くし、大きく仰け反る。その隙を逃さず、レヴィが彼の頬を殴りつけた。

「ぐっ」

ロナルドはそのまま倒れ、短剣を取り落とした。レヴィはすかさずそれを蹴って手の届かない場所へやる。

彼は、ロナルドに馬乗りになり、動けないように床に押さえつけた。

「ロナルド・ウィンドー。いや、ガルディア王国第二王子、ロナルド。お前をこれからきっちり取り調べたあと、ガルディアには正式に抗議させてもらう」

レヴィの言葉を、ロナルドは嘲笑う。

「はっ。無駄なことを。知らぬ存ぜぬで通すだけだ。第二王子の存在すら認めないだろうよ。抗議するだけ無駄さ」

「かもな。それでも、正しい手段を取る。お前のように卑怯な手は使わない」

ロナルドはレヴィの手によって騎士に引き渡された。

それを見送ったあと、レヴィは私のほうを振り返る。

「さて、一件落着……と言いたいところだけど、まだやることがある。クローディア、俺は『一人で勝手に動くな』って言ったよな？　それなのに、どうして一人でこんなところにいるんだ？」

「あ、いや、その……」

レヴィは笑みを浮かべている。けれど私には、般若（はんにゃ）のように見えた。

グレースはすっと私から離れる。

「私、知～らないっ」

そう言って早々に姿をくらませた。

「ちょっと待ってグレース、ひどくないっ⁉」

あとに残された私は、レヴィと兄からきついお説教をくらう。

エドガー殿下はその様子を憐（あわ）れみの目で見ていたが、助けてはくれなかった。

終章

あの事件のあとすぐ、私はグレースから加護を受け、光と闇の両方の加護を持つことになった。

光の精霊王の加護持ちになった私を聖女にしようという意見と、闇の精霊王の加護持ちでもある私は聖女にふさわしくないという意見がぶつかり合う。

私は聖女なんて面倒なことはしたくなかったので、その気持ちをレヴィと兄に伝えて、この話はなかったことにしてもらった。ただ、グレースがいることで私に取り入ろうとする人が増えたり、他国からの賓客（ひんきゃく）が私に会いたがったりと面倒が増えた。

なんだか、客寄せパンダにでもなった気分だ。

そしてロナルドとスコーピオン一味を捕らえたレイシアは、ガルディアに抗議した。

けれどガルディア側は、カルロス王子の死の責任をレイシアに問い、再び戦争が勃発（ぼっぱつ）する。

ガルディアの侵攻を食い止めるべく、レイシアは国境に騎士団を派遣することになった。そしてそのメンバーとして、今回も私に白羽の矢が立ったのだが……

「クローディアは未来の王妃だ！　いずれ王となる私の子を産むのだぞ？　そんな彼女が死んでも構わないと言うのか？」

議会の間に、レヴィの声が響いた。私を戦場に送ろうと提案した貴族たちは、泡を食ったように自己弁護を始める。

「そ、そういうわけではありません」

「彼女にはジェラルド殿とグレース殿がついています。万が一にも命の危険はないでしょう」

二人の精霊王の加護を持っているということで、私を再び戦場に出そうという意見は強まったが、それを王妃様が一蹴した。

「死ななければいいというものではないっ！」

「しかし……」

王妃様の怒鳴り声に臆しながらも、貴族の男は必死に反論しようとする。

「彼女もいずれは王族となる身。ならば国のためにその身を捧げるのは当然です」

別の貴族の男が、加勢するように言った。

「確かに、それも一理ありますね」

王妃様から出たまさかの言葉に、レヴィは思わずといったように声を上げる。

「母上っ!?」

王妃様のほうを見ると、彼女は私を戦場に行かせようとする貴族たちを、冷たい目で見下ろしていた。

「けれど、彼女はまだ王族ではありません。それともあなたたちは、私にさっさと引退して彼女に役目を引き継げとでも言うのですか?」

「そ、そんな、滅相もございません」

ぶるぶると震えながら貴族の男が答える。

「我々にそんな気はありません」

「そうです。陛下と王妃様には、まだまだ引退されては困ります」

彼らは顔を真っ青にして、必死におべっかを使う。

それを見た王妃様は、「そうでしょう、そうでしょう」と言って満面の笑みを浮かべていた。

「であれば、彼女を戦場に送る理由はありませんね。王族なら国のために前線で戦えと言うのであれば、彼女ではなく私と陛下が真っ先に行くべきですもの」

そんな王妃様の言葉に、貴族たちはいよいよ口をつぐむしかなかった。

「おそれながら、私も娘を前線に送ることには反対です」

父の言葉を聞いて、私は一瞬耳を疑った。

「娘は騎士としての訓練を受けたわけでもなければ、その心構えがあるわけでもない、ただの貴族令嬢です。私は以前過ちを犯しましたが、それを繰り返すわけにはいかない。娘の心身を守るため、あなた方の意見には反対させていただきます」

きっぱり言い切った父を見て、長年抱えてきたわだかまりが、すっと消えていく。

こうして私は、生まれた時からずっと持ち続けていた不安から、ようやく解放されたのだった。

あれから四年。闇の精霊王の加護持ちだからと忌避されることもなくなり、私は多くの貴族や国民に受け入れてもらえるようになった。それだけではない。あのパーティーから一年の婚約期間を経てレヴィと結婚し、彼との間に二人の子供を授かったのだ。
「お母様ぁ」
王宮の庭で、子供たちは元気に遊んでいる。

私とレヴィ、エドガーとエミリーは椅子に腰かけ、その光景を見つめていた。私の傍らには、父から爵位を譲り受けてレイツィア公爵となった兄も立っている。

父のアラウディーは騎士団長を引退し、領地で穏やかに暮らしている。両親と私の間にある溝は簡単には埋まらないが、二人とも初孫を嬉しそうに抱いてくれた。

そしてエミリーは現在、妊娠中だ。お腹はだいぶ大きくなり、『この子ったら、よく私のお腹を蹴るのよ』と楽しそうに話してくれる。

グレイソンは王宮で宰相候補として、日々仕事に追われているそうだ。『いつか父のような立派な宰相になり、レヴィ殿下とクローディア殿下の助けとなれるように頑張る』と、以前話してくれたことがある。もちろんその隣には、妻となったリリーがいた。

色々あったが、愛する人たちに囲まれて、私は幸せな日々を送っている。

生まれた瞬間から、どうなることかと思った悪役令嬢としての人生。バッドエンドを回避することだけ考えてやってきたけれど、これからはこの愛しい人たちのために力を尽くしたい。

私はそう心に誓ったのだった。

書き下ろし番外編

紡(つむ)ぐ未来

私の名前はソマリ。レイシア王国第一王女。それを聞いて、私の容姿を見てまずみんながする反応はきょとん。その次に同情や嘲り（あざけ）がくる。

肩まである私の髪色は金茶。肌はレイシア人特有の乳白色。

今は亡き私の曾祖母クローディア様は闇と光の精霊王の加護を持っていた。

私の妹が光の精霊王の加護を、弟が闇の精霊王の加護を持っている。クローディアおばあ様の時代は闇の精霊の加護持ちは忌避（きひ）の対象だったらしい。でも、おばあ様が戦場で活躍したり、王妃になってからもその力を使って様々な功績を残したことで闇の精霊に対する忌避（きひ）がなくなり、今は他の精霊王と同じように崇拝される存在になった。

王族であり、第一王女でありながらそのどちらの加護も受けていないことで私を見下す貴族も少なからずいる。

「婚約ですか？」

「まだそうと決まったわけではない」

ある時、父に呼び出されて告げられたのはガルディア帝国との縁談。あの国とは何度も戦争をしているし、何度も条約を結んでいる。

ガルディア帝国の現在の皇帝は前皇帝よりも話が通じ、争いを好まない人物だと聞いている。結婚を機に長きにわたり繰り返される戦争を集結させようということだろう。もっとも、今の皇帝が死んだらどうなるか分からないけど。

「明日より、ガルディア帝国の第二皇子が留学という形で転校してくる。世話はお前に一任する」

そこで親交を深めよということか。

私は第一王女だけどこの国は多分、弟が継ぐ。加護を持たない私なら問題のある第二皇子と結婚して、向こうに取り込まれても問題はないということか。

翌日、ガルディア帝国第二皇子、ギベル殿下がやってきた。

結い上げた赤黒い髪が血を連想させる。少し怖そうな人だと思った。

「ギベルだ。よろしく」

友好的な笑みを浮かべているけど目は笑っていない。油断なくこちらを見ている。ガルディア帝国は実力主義の国。第二皇子である彼が皇帝になる可能性もある。そうなれば彼の妻は皇后だ。彼を射止めようと考えている貴族の令嬢もいるだろう。

そんな中で婚約者候補として彼と接しないといけないのか。ちょっと嫌だな。

「ソマリです。うしろにいるのは私の護衛、ブロイアーです」

「ブロイアー・レイツィアです」

赤い髪に緑の目をした女騎士は軽く一礼をした。相変わらず美しい。見た目もそうだけど所作も完璧。

ブロイアーは現在二十六歳。婚約者がいたのだけど、彼女が十八歳の時にガルディア帝国との戦争で戦死。以来、独身を貫いている。ブロイアーには兄がいて、すでに公爵位を継いでいるのでこのまま独身を貫いても問題はない。彼女は今も婚約者を一途に思い続けているのだ。

ガルディア帝国の皇子と私の縁談話に思うところはあるだろうけど彼女は自分の心境を一切表に出さない。本当に騎士の鑑のような人だ。

「留学中は私が皇子のお世話をさせていただきます」

「ギベルで構わない。敬語も不要だ。俺たちは対等の立場なのだから。俺もあなたを名前で呼んでもいいか?」

「あ、はい」

ガルディア帝国はあまりいい噂を聞かないし、彼の言い方も粗野とまではいかないけど、ちょっと荒っぽいからもっと尊大な感じかと思ったけど違うみたい。

「お城の中を案内するわ」

「ああ、頼む」

主に使用するだろう場所を優先して案内する。その中でギベルが関心を示したのは王宮内にある図書室だ。

「かなりの蔵書量だな」

「もともと多かったようですがクローディアおばあ様は読書が好きだったようでここまで増えてしまったそうですわ」

「ソマリの曾祖母だな。ガルディアにも話は届いている。とても聡明な女性だったと。彼女が戦争に出ればそちらの圧勝だったとか。それもあって我が国はレイシアに縁談を持ち込んだのだ」

戦争の話をさらりと入れてくるのね。まぁ、今さら取り繕ったところで敵国同士であることに変わりはないけど。

「その話は祖父からも耳にタコができるぐらい聞かされたわ。でも、クローディアおばあ様を溺愛していたレヴィおじい様があまり戦争に出したがらなかったとか。どうしてもの時だけクローディアおばあ様が出ていたと」

　私がなんでもないことのように返したのが意外なのかギベルは少し驚いていた。でもすぐに初めて会った時とは違う、面白いおもちゃでも見つけたような笑みを浮かべていた。

　やはり出方をうかがっていたようだ。油断できない人。

　私と婚約すればレイシアの後盾(うしろだて)を得られたということから、皇位争いに一歩リードできる可能性がある。そのためにレイシアに来たのだろう。

「あらぁ、ソマリ王女殿下ではありませんか」

「バニエル」

　薔薇(ばら)の髪飾りと真珠(しんじゅ)が連なった紐を髪に巻き付けている、容姿だけはよい女性が私を見下すような視線を向けてきた。

　紺色の髪と瞳を持つこの女性はバニエル・ボードレール侯爵令嬢。近年立ち上げた事業が上手くいき、社交界でも中心的存在になりつつある貴族の娘だ。

　それゆえに下手な対応はできない。たとえ彼女が、第一王女でありながら闇の精霊王の加護も光の精霊王の加護も持っていない私に舐(な)めた態度をしてきても。

　別に二人の精霊王から嫌われているわけではないし、むしろ関係は良好だ。闇の精霊王ジェラルドはちょっと保護者みたいなところがあって口うるさかったりするけど。私が二人の加護を受けられなかったのは、持っている魔力とか魂の資質が彼らの好みではなかっただけ。

「知り合いか？」

「バニエル・ボードレール侯爵令嬢。明日からギベルが通うことになる学校の生徒よ。バニエル、こちら私たちと同じ学び舎で学ぶことになったガルディア帝国第二皇子、ギベル殿下よ」

私の言葉にバニエルは瞳を輝かせた。

「まぁ、ガルディア帝国の第二皇子ですの。父から伺っていますわ」

最近まで戦争していたんだから敵国として嫌悪やら敵意やら向けてもおかしくはないけどボードレール侯爵家は騎士の家系ではないし、バニエルにとって重要なのは彼が王族であることと彼の整った容姿だろう。

バニエルはそっと彼の腕に触れる。

「バニエル・ボードレールと申します。バニエルと呼んでくださいませ。殿下とは是非、仲良くさせていただきたいですわ」

そっと伏せる視線。それが艶っぽくて女の私ですら、どきりとしてしまうのだからこれで落ちない男はいないだろう。

「バニエル、今王宮内を案内している途中なので私たちはこれで失礼するわね」

許可もなく王族に触れるバニエル。あまり褒められた行為ではないけど、彼女とは極力関わり合いになりたくないし、ここで咎めても自国の恥を晒すだけなのでさっさと退散しよう。

私はさり気なくバニエルからギベルを引き離した。

バニエルには睨まれたけど無視だ。

「殿下、私もご一緒させてください」

は？

バニエルはギベルに同行の許可を求めてきた。

ブロイアーが実力行使に出るかと視線で聞いてきたが、私はしなくていいと彼女に視線で返す。

「ボードレール侯爵令嬢、あなたの家が手掛けている事業には興味がある。明日開かれる夜会では是非、侯爵の話を聞いてみたいものだ」

それはつまり彼女個人と親しくする気はないという意思表示。

彼女はとても驚いた顔でギベルを見つめる。対するギベルはこちらが赤面してしまうほどの笑顔をバニエルに向けている。

ただ目を見ると百年の恋も冷めてしまうほど冷ややかだったけど。

「俺とソマリはお互いをよく知るために一緒に行動している。もしかしたら将来の伴侶になるかもしれないからな。王宮を案内する。あなたにとってはただそれだけのことかもしれないけど、俺たちにはそれ以上の意味がある。邪魔をするな」

うわぁ。初対面の女に容赦ないな。

ブロイアー、よく言った！　みたいな顔はやめなさい。気持ちは分かるけど。

「行くぞ、ソマリ」

歩き出したギベルのあとを慌てて追う。

「王族の落ちこぼれが」

彼女の横を通り過ぎる時にバニエルが放った言葉は貴族が陰で言っている私の悪口だ。

瞬間、ブロイアーはとんでもない殺気を飛ばす。

「ひっ」

青ざめるぐらいなら言わなきゃいいのに。計算高い割には考えが足りない。

自分が侯爵令嬢で、王族でも扱いを慎重にしなければならないぐらい勢力を伸ばしている一族でもはき違えてはいけない。

王族に対する侮辱は場合によっては処刑だってありえるのだ。

「王族の価値は加護で決まるものではないわ。他者を見下すことでしか己の評価を上げられないことこそ恥と知りなさい。行くわよ、ブロイアー」

「はっ」

「ギベル、待たせてごめんなさい。行きましょう」

「ああ」

私はギベルの王城案内を再開した。

「加護を持たないことで今のように言われることがあるのか？」

ギベルはどうやら私が加護持ちでないことで周囲の貴族からどう評価されているのかを気にしているようだ。

「ギベルも知っているでしょう。私の弟と妹は加護持ちなの。だからどうしても比較されてしまう。もちろん、二人の精霊王がずっと王族に加護を与えていたわけではないわ。私のお父様とお母様は加護を持っていなかったし」

「なるほど。あなたの弟妹が加護を持っていなかったらそういうことを言われることはなかったのだな。貴族と言うのはどんな欠点や短所も浅ましく突いてくるからな。本人の努力ではどうしようもないことだと言うのに」

あけすけに物を言う人だなと思った。まぁ、陰で言われるより彼みたいに堂々と言ってくれるほうがいいけど。

「だからって家族仲は悪いわけではないのよ。弟妹は可愛いし、お父様もお母様も平等に愛してくれるもの」

「加護持ちでないからこそガルディア帝国の、俺の婚約者候補に挙げられたのに？」

彼の赤黒い瞳が私を捉える。嘘は許さないという威圧を感じる真剣な目だ。

「一国の王よ。感情で動くことは許されない。あなたは加護持ちでない私では嫌？」

「ガルディア帝国は精霊がいない国だ。妻になる女が加護持ちである必要はない。それに先ほどソマリが言っていた」

にっと笑ってギベルは続ける。

「王族の価値は加護持ちで決まるものではない」

まさかその言葉を持ち出されるとは思わなかった。私は思わず笑ってしまった。そんな私を見て彼も笑っている。よかった。敵国である男との縁談は自分が思っている以上に不安を抱いていたのだろう。

彼と会ってまだ一時間程度しか経っていないがそれでも上手くやっていけそうな気がする。そう思えたら無意識に入れていたのだろう肩の力が抜けた。

翌日、ギベルを歓迎するパーティーが開かれた。ギベルに対して嫌味を言ってくる貴族もいたが彼は簡単にいなしていた。

どんな古狸もガルディア帝国で生死をかけたやり取りを行っている彼にとっては相手にもならないようだ。

「どうだ、ソマリ。ギベル殿下と上手くやれそうか?」

自分から命じたことではあったが、やはり持ち上がった縁談話に不安を抱いていたのだろう。心配そうにお父様は聞いてきた。

「そうですね。彼に少し興味がわいてきました」

「そうか、それはよかった」

「ソマリ、踊らないか?」

「喜んで、ギベル」

私はギベルの手を取り、ホールの真ん中で踊った。とても楽しい一夜だった。

私とギベルの縁談話が進んで、両国が平和のために手を取り合えたらいいなと思ったし、彼とならそれが可能な気がした。

Regina COMICS

大好評発売中！

最後にひとつだけお願いしてもよろしいでしょうか 1

原作 鳳ナナ
漫画 ほおのきソラ

アルファポリスWebサイトにて
好評連載中！

待望のコミカライズ！

舞踏会の最中に、第二王子カイルから、いきなり婚約破棄を告げられたスカーレット。さらには、あらぬ罪を着せられて〝悪役令嬢〟呼ばわりされ、大勢の貴族達から糾弾される羽目に。今までずっと我慢してきたけれど、おバカなカイルに付き合うのは、もう限界！　アタマに来たスカーレットは、あるお願いを口にする。――『最後に、貴方達をブッ飛ばしてもよろしいですか？』

B6判／定価：本体680円＋税
ISBN:978-4-434-27024-6

RC
Regina COMICS
大好評発売中!
転生前から狙われてますっ!!
漫画● Ren Hido
氷堂れん
原作● Kanau Itsuka
一花カナウ
何度転生しても追いかけてくる!?

本書は、2018年2月当社より単行本として刊行されたものに書き下ろしを加えて文庫化したものです。


この作品に対する皆様のご意見・ご感想をお待ちしております。

おハガキ・お手紙は以下の宛先にお送りください。

【宛先】

〒150-6008 東京都渋谷区恵比寿4-20-3 恵比寿ガーデンプレイスタワー8F
（株）アルファポリス　書籍感想係

メールフォームでのご意見・ご感想は右のQRコードから、
あるいは以下のワードで検索をかけてください。

ご感想はこちらから

アルファポリス　書籍の感想

レジーナ文庫

私は悪役令嬢なんかじゃないっ!!　闇使いだからって必ずしも悪役だと思うなよ

音無砂月

2020年4月20日初版発行

文庫編集－斧木悠子・宮田可南子
編集長－太田鉄平
発行者－梶本雄介
発行所－株式会社アルファポリス
〒150-6008 東京都渋谷区恵比寿4-20-3 恵比寿ガーデンプレイスタワー8階
TEL 03-6277-1601（営業）　03-6277-1602（編集）
URL https://www.alphapolis.co.jp/
発売元－株式会社星雲社（共同出版社・流通責任出版社）
〒112-0005 東京都文京区水道1-3-30
TEL 03-3868-3275
装丁・本文イラスト－あららぎ蒼史
装丁デザイン－ansyyqdesign
印刷－中央精版印刷株式会社

価格はカバーに表示されてあります。

落丁乱丁の場合はアルファポリスまでご連絡ください。

送料は小社負担でお取り替えします。


ISBN978-4-434-27309-4 C0193